魔豆

魔豆

除魔派對

vol. 4

黑鳥占卜今日凶

醉琉璃——著

夜風——插畫

除魔派對 vol.4

目錄

人設
除魔派對
毛絨絨
毛茅&黑琅
貧乳萬歲❤貧乳萬歲

白鳥亞
高甜
時衛

楔子

電視裡，一看就知道是穿著布偶裝的大型星星在笨拙地走路，和另一顆灰色星星抬手打著招呼——如果把那個抬起的角角當成是手的話。

「早安、早安。」

「你好、你好。」

星星們在進行簡單的對話，然後一塊跳起了神祕的舞蹈。

在《冥王星寶寶》這個節目裡，這被稱爲星星之舞。

對此，一派大爺樣躺在沙發上的胖黑貓，只有兩個字作評論。

智障。

黑琅不屑地將目光從電視上收回，一隻貓爪爪往旁一扒拉，將洋芋片從開封的袋子裡弄出來，丟進自己的嘴巴裡。

「啊！陛下你偷吃毛茅的洋芋片！」在廚房裡忙進忙出的毛絨絨才端著湯鍋出來，就瞧見了這關鍵的一幕。

「錯。」在沙發裡癱成黑色貓餅的黑琅哼了一聲，「朕是光明正大地吃，毛茅的東西就是朕的東西。同理可證……」

黑琅瞇細金黃的眼，不懷好意地衝著毛絨絨舔舔嘴，「你也是朕的寵物兼食物。」

「不不不不！我才不是的！」白髮少年連忙放下湯鍋，戴著隔熱花手套的雙手急切地在空中比劃著，「我是有獨立鳥權的正經鳥！」

「喔，那朕跟毛茅說，你要交房租和生活費給他了。」黑琅漫不經心地說。

「嚶，我是寵物兼食物沒錯……」毛絨絨立刻氣短。他一隻鳥身無分文，手機還是毛茅先掏錢贊助的，哪可能繳得出房租和生活費。

黑琅相當滿意毛絨絨的識時務，他貓掌一揮，表示無事滾下去，別來煩朕了。

毛絨絨一時還真找不到其他事情可以做。晚餐他已經準備好了，就差一家之主回來。他站在一旁看著眼神明晃晃透出「媽的智障」，但還是盯著冥王星寶寶不放的黑琅，忍不住一臉糾結。

「陛下。」

「嗯？」

「既然這麼嫌棄它了，幹嘛還要勉強自己看？」

「你這愚民不懂。」黑琅看也不看毛絨絨一眼，專心致志地邊吃洋芋片邊盯電視，「朕就是要看它究竟能智障到什麼地步！」

「呃……那還真是辛苦陛下您了。」毛絨絨完全不懂這種心情。

沒事可做之下，他乾脆也坐下來，跟著看起了《冥王星寶寶》這個適合三歲以下幼兒觀看的嬰幼兒節目。

不同顏色的大星星們已經從早安進入到午安了，正準備要跳一場中午的星星之舞。

似乎是終於感覺到看這節目深深地傷害到了自己的智商，黑琅把貓爪子往遙控器上一按，「啪」地轉了台。

映入眼中的畫面，登時讓一貓一人正襟危坐起來。

電視上正播放的是五分鐘的《黑鳥今日占卜》，此刻剛好來到了處女座。

披著黑斗篷，連臉都沒露出來的星座主播用著毫無起伏的細弱嗓音，介紹著處女座這禮拜的注意事項。

本週幸運顏色：黑色、白色。

本週盡量避免的顏色：灰色。

本週運勢：凶。

當那個凶字一出來，黑琅和毛絨絨都差點跳起。

這個家有誰是處女座？就是他們的一家之主，毛茅啊！

「幸運色是黑色，那肯定就是在說朕，毛茅就該不離身地帶著朕才對！」黑琅氣勢洶洶地用肉墊拍著沙發，「朕果然不該聽信他的話，讓他今晚一個人出門！」

「還、還有白色啊！」毛絨絨極力爭取自己的存在感。

「黑色放前面，就表示白色一點也不重要。」黑琅輕蔑地說，「而且白色醜死了。」

整身白色系的毛絨絨覺得自己被人身攻擊了。他吸吸鼻子，努力想強調白色的美好，偏偏唯一的聽眾不配合，飛快地就把重點放到了灰色上。

「灰色……」黑琅神情深沉地托著下巴，「幸好毛茅不是灰的，不然朕就要壓著他去染毛。」

「灰色……」毛絨絨輕易就被帶離了注意力，「毛茅有什麼東西是灰色的嗎？他今晚有沒有帶出門啊？」

「朕敢用你的那身醜毛發誓，毛茅才沒什麼灰色物品。」黑琅炫耀似地展現自己對毛茅的了解。

毛絨絨本來想抗議為什麼又是自己躺槍，他的毛才不醜，明明漂亮得很。可是剛來到嘴邊的哭訴倏地卡住，他瞪大了一雙水藍的眼睛。

幾乎同時，黑琅本來懶洋洋半瞇的金眸也瞠圓。

一人一貓想到一件很重要的事。

即便毛茅沒有什麼灰色的隨身物品，但是他有一個灰頭髮的直屬學長啊！

而且那位學長，今晚還跟毛茅在一塊！

「那隻白烏鴉！」黑琅的毛都要氣得炸起來了，「朕就知道鳥就是帶衰！」

「不對啦，陛下，你這樣是地圖炮攻擊……不能因爲他叫白烏鴉，就牽拖到我們鳥類身上。」毛絨絨細弱地爲族群辯解。

「朕不管，朕說你們帶衰就是帶衰！」黑琅凶巴巴地吼，「不然爲什麼朕的鏟屎官到現在還沒回來陪朕吃晚餐！」

「呃，因爲處女座今天的運勢凶……」毛絨絨試探性地扔出答案，緊接立即就閉上了嘴巴。

原因無他，這個答案聽起來實在太不吉利了。

一人一貓默不作聲地對視幾秒，旋即同時蹦跳起來，有志一同地衝向了共同的目標。電話！

「快點快點！」黑琅拍著腳掌催促，「快打電話給朕的鏟屎官，問他在哪裡？」

「等我一下……」毛絨絨慌張地戳按著數字鍵，等到話筒內傳來鈴響，他立刻讓出一半的位置，讓黑琅也能聽見聲音。

然而預期中的熟悉人聲遲遲沒有響起，取而代之的是機械女音。

直接轉入語音信箱了。

「陛下，怎麼辦？毛茅沒接……」毛絨絨哭喪著臉，越來越相信剛剛占卜節目所說的，「會不會是……他眞的碰到什麼危險了？」

「他如果有危險，朕就把你炸來吃！」黑琅朝毛絨絨露出鋒利的尖牙，抬起的貓掌亮出了同樣閃著利光的爪子，「還傻站著做什麼？動啊！」

「咦？啊？啊！」危機感讓毛絨絨一個激靈，瞬間領悟過來黑琅的意思。他忙不迭跑去玄關穿鞋，一手不忘抓起擱在鞋櫃上的鑰匙。

黑琅已經不耐煩地等在門前，長長的尾巴不時地甩呀甩的。

就在他們倆準備出門尋找失聯的一家之主，客廳裡的電話卻在這個節骨眼響起了。

毛絨絨抬腿就想往裡面跑，可猛然又想到自己還穿著鞋子，腦子和身體不協調的結果，就是差點撲跌在地板上。

黑琅才不管毛絨絨是用什麼姿勢倒在地板上，他快如閃電地竄到電話前，一抄起話筒，就是一個氣急敗壞的「喂」字。

接著也不等另一端的人開口說話，黑琅劈里啪啦地就是一頓罵。

「大膽鏟屎官，居然讓朕等你回家吃飯！說，又是哪個妖艷賤貨勾住你了？朕立刻衝去咬死他！還不快回來？不然朕就先把你的儲備糧吃了！」

還趴在地板上的毛絨絨一臉震驚。

電話另一端靜默了數秒，半晌傳出一道冷冰冰的女聲。

「毛茅不在家？」

黑琅的一張貓臉沉下，「妳誰？」

「高甜。」另一端自報姓名。

「毛茅不在，朕很忙。」黑琅連丁點的耐心也沒有，當下就要掛斷電話。

但是高甜的一句話，阻止了他這個動作。

高甜冷淡俐落地說，「你們在找毛茅，我也在找他。加上我，你們找人速度會變快。」

換作是以往，黑琅肯定不把這話當一回事。在他看來，憑他的能力又豈可能找不到自家的鏟屎官？

可是，現在不是以往。

處女座這週的運勢凶，要避開的顏色是灰色。

星座占卜是很準的，黑琅和毛絨絨這一陣子對此深信不疑。

這也就是黑琅破天荒選擇對一名外人退讓的原因。

否則唯一能讓他退讓的，就只有毛茅而已。

等到毛絨絨從地上爬起，黑琅和高甜已經完成交涉，達成共識。

「去榴華和那個雌性人類碰面。」黑琅跳下地，險些把剛爬起的毛絨絨又踩回去，「朕同意她的看法。」

「咦？啊？欸？」毛絨絨一臉迷茫，不知道這短短的時間裡究竟發生什麼事，為什麼他聽不懂陛下在說什麼，「誰的看法？」

「高甜，那個特別會吃的雌性。動作快，站起來。」黑琅嘴上不停，動作也沒停，撒開四肢就往門口奔，也不管毛絨絨是不是真的反應過來了。

「高……高甜？」毛絨絨手忙腳亂地鎖上門，追著前面那團黑漆漆的影子跑，「高甜說什麼了，陛下？」

「蠢蛋，跟上來！她說她要找毛茅談特訓的事，但毛茅手機沒接。她問了社團其他人，木花梨說毛茅可能跟那隻白烏鴉在一起。高甜也打過電話了，同樣沒接……你還想不明白嗎？這很可能是他們碰上什麼沒辦法——喵喵喵喵喵！」

黑琅的斥喝冷不防變成一串喵喵叫，及時讓一隻貓居然能夠口吐人言的事，沒在突然出現的路人面前露餡。

毛絨絨聽不懂貓語，鳥和貓之間橫亙的可是種族的鴻溝，但這不妨礙他理解聽到的前半段話語。

星座占卜說，處女座運勢凶。

凶就是表示有危險。

有什麼危險會讓毛茅手機不接，連晚餐都不回來吃……

毛絨絨倒抽一口氣，一個答案在電光石火間閃現。

污穢！

第一章

被黑琅和毛絨絨掛念的紫髮男孩，自然是不會知道家裡的兩隻寵物爲了他，已經踏上尋主之旅。

這個時候的毛茅，正忙著和污穢的高級版對峙。

人形污穢。

被回收場包圍的花曜文創園區，如今只剩下兩種顏色；黝黑與暗綠侵佔了所有事物，唯獨其中的人影還保留著原先的色彩。

毛茅、白烏亞。

被奪走契魂的海燕。

以及雙手交扣、露出同樣瘋狂笑容的連體人魚。

宛如被剝離大量色素的灰髮小女孩，在分別吞下花朵般的契魂和海燕的舌頭之後，她們針尖狀的淺銀瞳孔燃成蒼白色的焰火。

火焰燃動得越來越熾烈，小女孩稚嫩又空洞的嗓音迴盪在這個綠與黑的世界，形成殘酷的雙重奏。

「現在，你們準備好爲我們奉上血肉了嗎？」

充滿血腥氣息的話聲甫落，嬌小人影剎那間像被看不見的外力扭曲了形體。她們膨脹，她們歪曲，她們延展，她們成爲了——

恐怖。

在常人的眼裡，那個足足有數公尺高的巨大影子，確確切切就是恐怖的具現化。

人魚的半張臉被瘋長的赤紅珊瑚佔據，凹凸不平的珊瑚骨朝外伸展，乍看下簡直像一隻隻拚命朝虛空撕抓的乾枯手臂。

另外的半邊臉頰則是像失去了顎骨，嘴巴至下巴的部分張裂成多瓣，猶如往外翻掀的可怖花朵。

如蛛絲飄揚的灰髮間平空生冒出多隻眼睛，它們泛著無機質的冷澈光澤，就像是由金屬打造。中間的瞳孔骨碌骨碌地轉動，發出令人牙酸的聲響。

而在那一條碩大無比的灰白魚尾上，竟是撕扯開一張上下布滿長牙的猙獰嘴巴。

最爲駭人的是，那張嘴巴還會移動！

它先是在魚尾的上段，接著又游移到下段，還能聽見嘴中噴吐出的粗嘎聲響；就像水管破洞，氣流爭先恐後從內擠出，彷彿在嘲笑著面前渺小人影的不自量力。

「哇喔……」面對將自己和白烏亞籠罩其內的大片陰影，毛茅的態度還是輕鬆寫意的。在那張稚氣的臉孔上，似乎找不出任何懼意，「好大的一條魚尾巴，可惜看起來挺難吃的。要是沒有那張嘴，我覺得大毛估計會挺喜歡的。」

明明是在這種緊迫的氣氛下，白烏亞還是不自覺地被小學弟帶偏了思緒。

「……嗯。」想到毛茅的那隻大胖黑貓，他點了點頭。

「啊，還有……」毛茅上前一步，一手隨意地擱在背後，一雙金眸比魔女眼洞中的白火還要熠亮，「沒準備好呢。這種事情……」

毛茅咧開鋒利的笑容，砸下的宣告如同一枝強而有力的箭矢，貫穿了綠夜。

「永遠都不會準備好的啊！」

魔女問：你們準備好為我們奉上血肉了嗎？

毛茅的回覆是：想都別想！

高揚的話聲還在空氣裡打旋，完成一鍵換裝的矮小人影瞬間已像顆子彈竄射出去，細長的劍刃眨眼出現在毛茅掌中。

不單是毛茅有所行動。

同一時間，從便服轉為暗紅社服的灰髮青年亦是迅捷衝出，腳下影子翻騰，一把巨型大劍順勢脫出，被牢牢抓握在修長的手指間。

毛茅剛擱在身後的右手其實比出了倒數的手勢，隨著伸出的三根手指逐一收起，進攻的暗號也立時成形。

兩條人影各分左右，分別鎖定住連體人魚的主與輔。

即便雙方體型差距有若蚍蜉撼樹，除魔社的兩人也沒有任何退怯。

還未等到毛茅和白烏亞逼近，外貌變異的連體人魚霍地前傾上半身，沒有被鮮紅珊瑚覆蓋的白焰眼睛盯住了紫髮男孩。

兩道稚嫩空洞的聲音疊合在一起。

「你沒有味道，你聞起來一點也不美味。」

「但還是可以吃掉你。」右邊的人魚說。

「將你的頭手腳骨頭脊髓血肉，丁點也不剩地，」左邊人魚的聲音又輕又細，像在對人竊竊私語，「吃掉。由我來負責，」

「吃掉！」魚尾上的嘴巴高聲大笑，宛如在歡慶即將迎接而來的進食。

霎時間，連體人魚的身形赫然由二減爲一。

爲輔的右邊人魚消失了。

下一秒，巨大虛影猝不及防地在毛茅面前出現。

左半邊覆著紅珊瑚的灰色魔女露出險惡的笑容，蒼白的臉頰到嘴巴立刻撕展成數瓣。

如同海葵張開觸手，要將紫髮男孩一口吞入——

倘若不是毛茅及時扭身，改變前行的方向，那麼他可能就要變成魔女體內的養分了。

「毛茅！」瞥見這驚險一幕的白烏亞即刻一喊，在那雙金眸對視上自己的時候，他只言簡意賅地給出了兩個字，「小心。」

從那平穩的簡短字句中感受到偌大的關懷，敏捷落地的毛茅咧咧嘴，給了白烏亞一個舉手禮。

極短時間內交流完畢的這對直屬不再分心，他們果斷地將所有注意力放在敵人身上。

毛茅衝著灰色魔女比出一個挑釁的手勢，接著毫不猶豫地往花曜文創園區的另一端跑。從眼角餘光，他能看見白烏亞亦做出相同的事。

他們打算將魔女帶離海燕昏迷的地方。

毛茅不忘抽出手機，靠著盲打飛快將訊息發給伊聲。

姑且不管海燕的作爲給他人帶來了什麼後果，她確實都是需要救援的。

花曜文創園區佔地相當廣，毛茅選擇一路跑至前端，將戰圈拉到空曠的戶外劇場上。同時，這也是毛茅頭一回在面對魔女的時候，身邊少了黑琅的陪伴。

換句話說，他只能以仿生契靈作戰。

任誰都知道，用得慣的武器和不常使用的武器，何者更能增強自身的戰力。但是紫髮男孩從容的姿態，就好像不將這點劣勢放在心上。

灰色魔女果然迅速追了過來。

煙氣在她的下半身虛虛地圈圍出一條魚尾巴的形狀，隨著那條魚尾拍振，她移動的速度更是快如疾風，眼看就要追上在黑綠色園區內穿梭跑跳的人影。

透過一旁建築物玻璃窗戶的反光，毛茅判斷出自己和敵方的距離。他眼珠一轉，緊接著足尖往下猛力一蹬。

紫髮男孩以異常靈敏的身手蹬踏上牆面，幾個起落便踩上了屋頂斜面，隨後加速衝刺，在來到屋頂末端時，高高一躍！

飄散在空中的蒼灰髮絲被他當作了攀爬的繩索，那些鑲嵌在髮間的眼珠則成為他施力的支撐點。

若是灰絲大力擺晃，毛茅手中的長劍立刻不帶遲疑地戳刺入像是由金屬打造的瞳孔內，穩住自己的身勢。

灰色魔女壓根沒料想到獵物如斯狡猾，她被激起了怒氣，雙手往自己頭髮抓扯，想扯下那個礙事的小蟲，最好能將他一把捏碎在自己的掌心間。

然而毛茅就像一條滑溜的魚，屢屢避過那些蒼白的手指，讓魔女怎樣也甩脫不掉。

這讓本來想將獵物耍弄至死的人形污穢頓地暴怒起來，她尖嚎一聲。

「滾開——」

那具巨大身軀轉眼崩解成大量的水，泛著淡藍的液體宛如瀑布沖刷而下，連帶地也讓毛茅驟失支撐。

被淋成落湯雞的紫髮男孩翻滾了一、兩圈，飛速撐起自己身子。

下一剎那，灰色魔女再度成形，未被紅珊瑚遮覆的蒼白火焰劇烈燃動，有若在呼應主人憤怒的情緒。

被挑起勃然怒火的魔女張開嘴，仰頭發出了奇異的喊聲。接著那聲音拉得越發綿長，像首詭異卻又悠揚的樂曲。

數盞巨大圓形光團出現。

一隻隻發光水母彷如充了氣的大氣球飄晃在空中，長長的觸鬚垂晃在燈罩似的傘膜下。

它們與不具備實體魚尾的人形污穢將毛茅團團包圍住。

幽藍色的螢光映亮了毛茅的臉。他握著仿生契靈的劍柄，嘴角挑起了鋒芒畢露的弧度。

戰意噴薄！

另一邊。

和魔女主體對上的灰髮青年神情寂冷，冰藍色的眼瞳沒有一絲波動，好似結了冰的湖面。

人魚半邊未變異的清秀臉蛋上露出凶獰笑容，嘯聲從她張裂成數瓣的可怖大嘴湧出。

原本平整的廣場地面霎時竄生出一株株赤紅珊瑚樹，鋒銳的珊瑚骨輕易就能捅穿人。

渾身被死氣纏繞的人魚在高空盤旋，那條巨大的灰白魚尾冷不丁朝那抹閃避的人影抽打下去。

屹立的紅珊瑚遭到波及而碎裂，地面則被拍擊出大片凹陷和裂縫，被掃到的建築物更是直接坍塌。

但是預期中的景象沒有出現在人魚眼裡。

這些被破壞的事物中，並不包括白烏亞。

避開攻擊的灰髮青年落足在其中一株珊瑚樹上。他面無表情，氣勢凜凜，等身高的巨劍在黑綠的世界中折閃著灼亮的銀光。

白烏亞淡然地迎視異形般的龐大身影，在灰髮人魚再次動作之前，猛地先動了。

他就像破開一切的閃電，眨眼就逼臨至人魚身前，巨劍高揚，將生出尖爪的數根手指一口氣斬斷。

蒼白的指頭砸墜在鋪著石板的館前廣場上，像一根根大理石柱子橫倒於地面。

陡然失去手指似乎讓人魚一時反應不過來，等到劇痛傳至，她扭曲了半邊尚是完好的臉，放聲尖喊。

尖利的音波往外擴散，多道水流平空湧現。它們如同被賦予生命的大蛇，一口氣追擊白烏亞而去。

巨劍凶猛又迅速地將接連襲來的藍色大蛇劈斬開來，水流瓦解，「嘩」地灑落在地面，積成一潭潭水窪。

白烏亞快速繞過阻礙在前的紅珊瑚，平靜的水面被他踩過，濺起水花，「啪啦啪啦」的音響在暗綠夜空下格外響亮。

獵物不斷躲過自己的攻擊，讓灰髮人魚越發感到不耐，失了最初的從容。眼洞中的白火猛烈晃曳，她猝然擺動尾巴，長長的髮絲如同飄動的蛛絲，瞬間捲向了底下那道人影。

即便白烏亞立刻躍退，灰絲依舊緊追不捨。它們試圖纏捲上他的身軀、他的四肢，最末，它們改纏捲住那柄銀色的巨劍。

銀亮的劍身轉瞬被灰絲纏得密密麻麻，並且不客氣地欲將之拽扯出白烏亞的五指。

白烏亞當機立斷，一張手，巨劍馬上被大量灰絲爭先恐後地拖走，像是要將獵物急於拖回巢穴的猛獸。

可就在下一秒，本來還維持劍形的灰絲驀然扁下。

契靈消失了。

被截了胡的人魚勃然大怒，燃著白火的眼洞迅速鎖定住灰髮青年。

漆黑的劍柄、華麗金耀的齒輪和鐘錶面盤、散發森森寒氣的劍身。

只不過須臾之間，屬於白烏亞的契靈便再次聚攏在他手中。

握住重新歸來的武器，白烏亞調整呼吸，旋即快如閃電地主動迎上那抹不祥的灰影。

更多的赤紅珊瑚樹從地面沖天拔起，一叢叢阻擋著白烏亞的去路。

白烏亞沒有避開，他足尖施力，直接將那些高低錯落的紅珊瑚視作道路。他的身姿簡直就像他的名字一樣，有如靈巧的鳥類在綠夜下振翅翱翔。

眼見白烏亞步步進逼，高處的人魚發出了危險的咆哮。刷著暗綠的夜幕彷若她的巨大水池，她在裡頭旋繞了一個圈，尾鰭拍出猛烈音響，緊接著如同一枚高速子彈俯衝向她的獵物。

提升速度的人魚快得驚人，縱使已喪失數根手指，但剩餘的利爪也足以發揮出凶殘的攻擊力。

強健有力的灰白魚尾每一拍擊，都製造出地面短暫的晃動，深而長的裂痕更如蛛絲快速往四周擴散，受到波及的珊瑚樹則是被砸得破碎。

不僅如此，魚尾上的那口利牙正虎視眈眈地等著獵物露出破綻，只要一個粗心大意，就可能被它連皮帶骨咬得丁點不剩。

巨大的指爪如驟雨往下揮擊，卻被閃著銀光的大劍接二連三擋下。

強猛的力道逼得白烏亞往後滑行，但抓握劍柄的那雙手依然沉穩不帶一絲晃動。

人魚拉開了惡意的獰笑。

下一瞬，泛著冰冷黏膩光澤的魚尾有如沉重的鋼鞭，出其不意地抽甩過來，所有阻擋在它前方的東西都被絕對的暴力碾壓個粉碎。

只要白烏亞來不及閃躲，也將成為其中之一。

千鈞一髮之際！

「學長！」毛茅猶如砲彈衝刺過來，他撲上白烏亞，重力加上速度讓兩人往旁一滾，險之又險地脫出了人魚的攻擊範圍。

矗立的長屋應聲而毀，屋頂、磚牆、玻璃窗戶塌疊在一起，成了滿地殘骸，大量煙塵順勢揚起。

不再被巨劍攔阻的銳利爪子深深刺入石板裡。

人魚的攻勢再次落空。

「毛茅……？」白烏亞晃了晃頭，迅速抓回意識，冰藍的雙眼對視上那張青稚的臉蛋。

「那隻沒尾巴的不見了，我懷疑她回……」毛茅沒把剩下的話說完。不是他故意要賣關子，而是……

呈現在眼前的景象已說明一切。

灰髮人魚抽回她的爪子，慢慢直起身。她的腰側霍地浮現一團虛影，只不過是頃刻間，消失的半身再度歸位。

龐大的連體怪物露出駭人的笑容。

沒給毛茅和白烏亞喘息的機會，四隻蒼白鋒利的大手迅雷不及掩耳地從上兜頭罩下來。

這一次，他們連閃躲的空間也沒有。

大片陰影快速自上而下接近。

說時遲，那時快——數道白光如流星疾墜，其中四束貫穿了連體人魚的四隻手，另外兩束則是粗暴地釘住了扇形尾鰭。

一、二、三、四、五、六，六把長刀。

那是六花！

意想不到的劇痛讓灰色魔女發出尖喊，兩張連蒼白都如出一轍的臉因痛楚而扭曲，看上去更顯瘋狂。

毛茅沒有遲疑，馬上拉著白烏亞跑至較爲安全的地帶。還沒等他站穩，一黑一白兩道影子便來勢洶洶地衝撞了過來。

假使不是白烏亞眼明手快地幫忙撐扶住，毛茅就要被撞得一屁股跌坐下去。

「毛茅、毛茅！」變回雪球鳥的毛絨絨使勁地蹭著毛茅的懷抱，一身白毛都被方才的驚險鏡頭嚇得蓬起。

只是沒等毛絨絨多蹭幾下，他就被黑色的貓掌凶暴拍開。

黑琅才不管毛絨絨有沒有在地板上砸成一灘雪餅，他不客氣地佔據了毛茅的全部懷抱，金黃色的眼睛怒氣沖沖地瞪著差點瀕臨生死關頭的鏟屎官。

「不帶朕的下場就是這樣，笨笨笨笨死了！居然被朕以外的人欺負……噢，不，那還不是人，是一條魚！」

「是人魚。」彷彿被霜雪凍過的剔透嗓音插進對話，「不是有尾巴的都叫魚，你眼睛該治一治了。」

「看在妳幫忙的份上，朕不抓花妳的臉，抓妳三條線就夠了。」黑琅一扭頭，陰森森地放出警告，「妳等等就給朕站在原地，朕……」

一隻白皙的手掌快狠準地摀上了黑琅的嘴巴，無視黑琅氣憤的掙扎，毛茅抬頭看向了六花的主人。

暗紅色系的社服將黑髮少女既有的美貌襯托得更加亮麗奪目。

「高甜。」白鳥亞朝忽然現身的學妹點點頭，「謝謝。」

「嗨，高甜，謝謝妳的幫忙，改天請妳吃兩包洋芋片。」毛茅露齒一笑，「雖然我很想問前因後果，不過我們先省了這些吧。」

「速戰速決。」高甜墨色的眼珠裡染著驚人的狂氣，她動動手指，原先刺穿人魚手臂和尾鰭的長刀驟消，一把新的長刀從影子裡浮出，被她沉穩握住，「宰了那條人魚。」

「朕喜歡生魚片！」從毛茅手掌中掙脫的黑琅大聲喊。

努力膨脹回雪球的毛絨絨連忙緊張地說，「陛下，你說得太大聲了！怎麼能在當事魚的面前……」

說出對人家的吃法呢？

毛絨絨未竟的話語還含在嘴巴裡，他維持著仰頭的姿勢，戰戰兢兢地看著連體的人魚又分成爲兩抹身影。

她們無預警張嘴吟嘯，從她們喉嚨中鑽出的聲音尖銳高昂，像指甲撓抓著黑板，俄頃又轉爲幽幽的低喃，編織成古怪的旋律。

大顆大顆水泡噗嚕嚕成形，先是冉冉上升於空中，接著它們漸漸交融在一起，像有隻無形的大手重新揉捏它們的形體。

不過一晃眼，一個和灰髮人魚及灰色魔女同樣巨大的發光人影出現。

平滑的表面、閃爍著藍白光芒的線條、只有大致輪廓的五官，除了體積大得異於常人、魚尾巴取代了雙腳，其他特徵初看下，令人直覺會想到幽體。

「更美味的。」灰色魔女竊竊私語。

「眞讓我等開心。」灰髮人魚咯咯低笑。

「都吃掉。」發光人形嘶啞的嗓音像是從體內擴散。

明明不是靠海的地方，浪濤聲卻不知不覺響起，輕緩又規律地拍打著，猶如被看不見的海浪包圍住。

空氣變得潮濕，鼻間似乎能嗅到鹹味。

一分為三的人形污穢笑了。

下一秒，她們出手了！

「大毛！」

少年嗓音如尖刀般劃開夜氣，身上找不出一根雜毛的黝黑大貓即刻像枝飛箭射出。

他的身形散成一團霧氣，轉瞬又凝結成截然不同的存在。

毛茅五指俐落一收，一條墨色帶光的長鞭被他牢牢纏握在掌心間。

握緊鞭柄，紫髮男孩毫不猶豫地選擇了主體的灰髮人魚為目標，他朝對方勾勾手指。

「大毛想吃生魚片，事實上我也相當喜歡。如何啊，準備好為我們奉獻上血肉了嗎？」

尚未變聲的嗓音清亮又澄澈，像是泠泠溪水流淌過黑綠兩色的道路上。

本來想挑選黑髮少女作為獵物的人魚驟然扭過頭，嚇人的臉龐轉向出言挑釁的毛茅。

毛茅不怕激怒人形污穢，假如對方沒反應他才要傷腦筋。

現在看來，人魚的反應果然不小，最好的證據就是她眼中的白色火焰跳動得越發劇烈。

毛茅決定再加一把火，他上上下下地打量人魚全貌，可愛的臉蛋嫌棄地皺起。

「雖然看起來就很難吃、超難吃……啊啊，希望吃了不會拉肚子。」嘴上大肆抱怨著，不忘將手勢改成充滿侮辱性質的拇指向下，「怎樣？不服氣嗎？不服就過來單挑呀，醜八怪！」

那態度果然惹火了灰髮人魚。

她朝發光人形一揮手，讓自己的分身去對付高甜，自己則是魚尾猛一擺晃，頓如雷電般疾射出去，轉眼逼向紫髮男孩，抬起的蒼白指爪眼看就要將那抹瘦小人影拍飛出去。

污穢的速度快，毛茅比她更快。

長鞭在手的他就像切換了開關，本就矯健的身手瞬間又提升好幾階。

巨爪拍到的只是一片殘影。

「來啊來啊，我在這！」毛茅充分地彰顯出何謂囂張，他一邊以言語和動作刺激灰髮人魚，一邊快速地往不會和高甜、白烏亞撞在一塊的地方跑去。

打架當然是要有足夠空間的，免得綁手綁腳，那打起來怎麼會過癮呢？

人魚速度飛快，緊追在毛茅身後，魚尾上端的灰白鱗片如刀刃片片豎起。

下一秒，竟是脫離人魚的尾巴破空飛來。

它們高速旋轉，磨擦空氣產生尖銳的音響，唯一目標就是追擊向那抹瘦小又靈敏得令人暴怒的人影。

聽見異響的毛茅扭過頭，他吹了一聲口哨，臉上揚起大大的笑容，一雙眸子亮得逼人，好似夜中的火炬。

在那雙金耀的眼眸裡沒有一絲退怯，唯有滿滿的戰意和享受。

紫髮男孩簡直像把這場戰鬥當成了愉快的娛樂活動，他腳下快如風，眨眼拔高身子，躍上一枚飛來的鱗片。

寬大的魚鱗讓人能輕鬆落足其上。

毛茅提著長鞭，將一片片灰鱗都當成了踏腳石，頃刻間大幅縮短了與人魚之間的距離。

人魚眼中白火晃顫，彷彿震愕於此時局面的發展。

但那抹愕色只是刹那，緊接著就轉爲一抹詭譎。

毛茅一凜，心中剛直覺有異，但躍出的步伐再也來不及收回。

多束水流化爲箭矢呼嘯襲來。

那道瘦小的人影就這麼從空中被打落。

「毛茅！」緊追過來的毛絨絨心急如焚，身上白光一閃，恢復少年模樣的他立即一拍背後的結晶雙翅，雙手極力伸長，卻在驚險接住毛茅的瞬間——

灰色的魚尾橫空掃來！

毛絨絨只來得及用翅膀護住自己和毛茅，但那重重的一擊足以讓他的飛行失去平衡。

「啊啊啊啊！」失速感霎時席捲兩人，毛絨絨抱著毛茅驚叫，卻阻止不了他倆一併往下掉的狀況。

與此同時，毛茅感覺得到手裡的黑鞭在顫動，愈顫愈劇烈，最後竟冷不防脫出他的掌控。

「大毛！」毛茅大吃一驚。

「朕不發威，還當朕是死的嗎？除了朕以外，誰都不准欺負朕的鏟屎官——」純黑的長鞭轉眼成了亮出尖牙利爪的黑色胖貓，憤怒的大吼石破天驚地砸下。

因黑琅脫離自己的吃驚情緒還留在臉上，但毛茅的腦海中已飛快閃過多種應變措施，他沒忘記自己和毛絨絨還在向下掉落。

可隨後，又通通止於一聲從另一端傳來的安撫。

「毛茅沒關係，別動。」

那是白烏亞的聲音。

於是所有念頭如潮水退去，毛茅握上毛絨絨發涼的手腕要他安心。

然後他們掉進一個穩穩的懷抱裡。

被接住的感覺讓毛茅反射性仰高頭，然而映入金眸內的卻不是預想中的冰藍眼瞳。

和他對視的是一雙漆黑如墨的眼睛。

毛茅的思考停止三秒鐘，隨即才意識過來白烏亞那一番話的眞正含意。

沒關係，別動——因爲高甜會接住你。

少年加上男孩的重量讓高甜的雙臂晃了晃，她迅速鬆開雙手，讓兩人跌落在地。

毛絨絨被這一下摔得懵了，覺得自己屁股似乎要裂成四瓣。

毛茅的運氣比毛絨絨好上許多，他還沒眞的跌下去，就被高甜俐落地一把拉起。

「謝了。」毛茅坦率地道謝，「妳那邊解決了？」

「那隻人形被我打散了。」高甜點頭，「你的貓？」

「我等等就去帶他下來。」毛茅說，五指收攏，握住了回到他掌心的仿生契靈，「不聽話的寵物，之後要教他聽主人的話才行。」

而在這極短的時間內，黑琅就像道漆黑的閃電，飛也似地撲上了那條還未收回的灰白魚尾，眨眼就爲自己找到落足的好位置。

在人魚的尾巴上顯得嬌小的大黑貓站穩身子，烏黑發亮的皮毛因爲肌肉的晃動而掀起一陣黑色波浪。

無視對方鱗片比自己個子還大，黑琅戾氣四溢地一笑，鋒利的爪子毫不手軟地便朝鱗片間隙捅下，猛力撕抓。

數條皮開肉綻的深深裂口頓時浮現。

比起手臂，比起尾鰭，鱗片底下皮肉所受到的傷害，顯然帶給人魚更大的痛楚。

這份疼痛甚至讓分散出去的半身驟然回到她的身上。

兩名灰影痛苦地放聲尖叫。

黑琅眼中精光大閃，第二爪就要快狠準地再度下去。

誰也沒有想到，瞬息之間，魚尾上的嘴巴霍地從前端移轉到後段。

就在黑琅的正下方！

「不不不！快住——」目睹此景的毛茅瞪大了眼，心急的喊聲衝出。

但卻阻止不了一切。

前一刻還站在魔女尾巴上的大黑貓，下一刻不見了蹤影。

大張的嘴巴霍地閉上，連絲縫隙也不留。

「貓！」白烏亞快步跑來，素來低沉淡然的聲音出現明顯起伏，乍聽下就像抽了一口氣。

「不要啊！陛下！」

毛絨絨一回過神來就撞見這駭人之景，撕心裂肺的吶喊刹那迴響天際。巨大的驚恐讓他飆出了一串豆大的淚珠，嚇得他從人又變回鳥。

「陛下被污穢吃掉了！他明明看起來就那麼難吃，快把陛下還來，可惡的污穢！不想得三高就快把陛下還給——」

有誰霍地抓住了那顆雪毛球，連帶地把未竟的話語也堵在毛絨絨的嘴巴裡。

「冷靜。學長也是。」毛茅說，青稚的聲音有種超出年齡的沉穩。他看起來很鎮定，一點也沒有家養寵物被吞的悲傷，似乎方才的緊張只是曇花一現的錯覺。

毛絨絨使勁地在毛茅的掌心中撲騰，小翅膀拚命拍動，焦急地想要催促對方快去救貓。

就算黑琅老是喜歡欺負他，搶他食物，把他當球玩，還巴不得將他送進烤箱……等等，這樣一想，陛下做貓好差勁啊！

當毛絨絨回想完黑琅曾對自己做過的一連串事情，將黑琅吞下肚的連體人魚這一刻也出現了異樣的變化。

巨大的怪物忽地僵住身子，從高空摔落下來。

共用下半身宛如鏡像的兩人撐著地、嘶著氣，細如蛛絲的灰髮垂下，掩蓋住她們畸異蒼白的臉。

接著乾嘔般的聲音不斷從髮絲後傳出，聽起來像巴不得將體內的異物吐出來一樣。

那條將黑琅吞下的魚尾巴，甚至控制不住地接連往地面猛烈拍擊。

詭異的一幕讓毛絨絨忘記掙扎，他傻傻地看著眼前簡直像……吃壞肚子的魔女？

這個想法匪夷所思到連毛絨絨自己都難以相信，可眼前的畫面怎麼看確實都是……

灰髮人魚仍像飽受折磨般乾嘔著，所有人卻注意到那條灰敗不帶生機的魚尾上，驀地浮上一條細細的紅線。

紅線延伸的速度很快，它在迅速地往前行進。

然後——

就像再也繃不住了，霍然迸綻出一道極大的裂口。

灰髮人魚猛地抬頭，淒厲的嚎叫衝出兩張大張的嘴巴。

在刺耳的尖叫聲中，一束黑影極快地從那道裂口內衝竄出來，像是最鋒銳的黑色利劍，撕裂血肉、劈開堅硬的鱗片。

破開人魚魚尾的——赫然是一抹矯健高大的人影！

「陛——」本來以為會看見黑貓或是黑鞭出現的毛絨絨瞬間沒了聲音，張大的嘴巴還維持著要喊出「下」的口形。

被染成暗綠的夜空下——

膚色深褐的男人有著俊朗鋒利的五官，眉毛如劍斜飛，金黃色的瞳孔不同於人類的圓形，而是獸類般的豎長；潑墨色澤的短髮紊亂地散翹著，自有一股渾然天成的不羈。沾著血肉的鋒銳指爪，則在無聲地向人展示著它可怕的破壞力。

其中最引人注目的，莫過於男人頭頂的黝黑貓耳和末端捲曲一個弧度的細長貓尾。

無論是金黃的眼睛、黑色的貓耳和貓尾，無一不在指向一個事實。

從巨大身軀中破體而出的男人就是——

「那……那是誰？」毛絨絨目瞪口呆，懷疑自己是不是在作夢。

就算已有毛絨絨能從鳥變為人的例子在前，但當他們見到黑琅真正化身為人的時候，無論是白烏亞還是高甜，都不禁紮紮實實地愣怔住了。

比起給人軟綿印象的白髮少年，黑髮男人渾身散發出的是凜冽的氣勢，更讓人感受到武器具有的冰冷與鋒利。

「不要無視那再明顯不過的答案啦，毛絨絨。」毛茅將雪球鳥往高甜手上一塞。他提著長劍往前走，讓劍尖在地面刮出刺耳的聲響，「我本來就想提醒她們住嘴的，大毛可是……」

幾乎是本能地感應到危險，被剖開魚尾的人魚嘶氣掙扎。她們撐起上半身，指爪在石板上刨抓出灰白的爪痕。凌亂的灰髮底下，兩張蒼白的面孔不約而同地顯露出倉皇。

紫髮男孩行走的速度越來越快，長劍刮地的聲音也越來越尖銳。

不顧大量鮮血從魚尾上的裂口淌溢出來，連體人魚猛地甩晃那條被血污染覆大半的尾巴。卻沒想到剛脫離地面的尾巴末端被一股力量猛力扯住。

人魚臉上的驚惶焦躁更甚，兩張臉上的白火閃晃劇烈。

拖住人魚的是一雙褐色的手臂，一條條青筋跟著迸現其上。黑琅緊抓著那截尾巴，尖銳的爪子深深地沒入鱗片底下。

在灰髮人魚掙動間，在仿生契靈和地面磨擦出星火的瞬息之間，毛茅未竟的話語終於有了完結。

「超級難吃呢！」

最末一字似乎還在空氣中打著旋，那道矮小的人影眨眼已消失在原地。

不對，不是消失，而是他速度太快。

不過幾個呼吸間，毛茅已出現在左邊人魚的後頸上。

待在高甜掌心上的毛絨絨瞪大眼，無意識地屏住呼吸。

長劍型態的仿生契靈快狠準地朝四分之三脖頸的位置貫入，沒有絲毫停頓，直到劍身完全沒入，僅留劍柄暴露在外。

毛絨絨不知道是不是自己的錯覺，他好像聽見了類似結晶破碎的清脆聲音，在這處空間裡迴響著……

而從高甜和白烏亞沒有異狀的反應來看，他認爲這果然是錯覺。

灰髮人魚在這一刻像被按下了靜止鍵，她們在半空中懸停了數秒，接著如同被剪斷提線的木偶般直直往下掉。

在一片狼藉的路面上砸出了沉重的聲響。

毛茅順勢往下跳，不忘抽回自己的仿生契靈。

過了一會，巨大的畸形軀體忽地縮小，立時回復到最初屬於小女孩的體型，嶙峋的紅珊瑚跟著從臉部消褪。

連體人魚一動也不動，臉孔被散亂的灰髮遮掩，白火熄滅，只餘黑黝黝的眼洞，兩具灰白的身子如同僵冷的大理石雕像。

紫髮男孩和黑髮男人對上視線，他們金耀如火的眼瞳和鋒利凶猛的笑容不可思議地相像。

恍惚中，幾乎要讓人以爲那一大一小都是披了人皮的貓科野獸。

白烏亞望著前方，沉穩的語氣流露一絲憧憬，「我想養小的那隻，妳覺得機率大嗎？」

「如果能買下一間洋芋片公司的話。」高甜冷靜分析，「我存款多，但還不夠，看樣子要多努力賺了。學長要一起嗎？」

白烏亞點點頭，同意學妹的計畫。

不！你們倆清醒一點！那是人，還是我的主人！將兩人對話聽得一清二楚的毛絨絨用翅膀尖搗著心口，覺得自己要氣炸成一顆更蓬的球。

但很快地，現場眾人就發現不對勁的地方。

被命名爲「人魚」的人形污穢，並沒有像當初的小紅帽、長髮公主般瓦解成晶砂。

被死氣環繞的灰色魔女至今仍型態完整。

「怎麼回事？」毛茅的眉眼染上不解，「我確定我把她們的核心……」

毛茅話語突然一頓，他瞪大眼，金黃色的瞳孔遽然收縮。

這一刻，所有人都看見左邊的灰白身影竟開始轉淡。變成半透明的身體內部散濺著多塊結晶碎片，還有一顆令人想到寶石的發光體在移動……

向右邊的身影移動！

當那顆寶石般的存在一被右邊身影吞噬，左邊的身影連同染血的魚尾，立刻崩散爲無數發光的細砂，「嘩啦嘩啦」地流淌在暗黑的地面。

毛絨絨倒抽了一口氣，一個荒謬但確實發生的眞相砸了下來。

人魚居然有兩顆核心！

一顆被擊碎，一顆尚存。

而現在……

「她們在轉換，她們的主次地位在顛倒……主要讓輔取代自己！」毛茅一個箭步衝向前，提劍就要破壞第二顆核心。

說時遲，那時快，漆黑的眼洞中點燃了蒼白的火焰，殘缺的灰髮人影長嘯一聲。先前沒受到波及的建築物一排排窗戶應聲炸裂，大大小小的玻璃碎片飛灑出來。

抓緊眾人反射性躲禦的空隙，失去半身和魚尾的魔女奮力往上一竄，眼看即將要撞破天際的光絲，逃出回收場。

瞬間，一聲槍響在綠夜中炸開。

以為能逃出生天的灰髮魔女頓時像隻折翼的鳥，從高處直直墜下。

意想不到的異變讓追上來的除魔社社員不禁愣住。

白烏亞和高甜的眼中躍上警戒，可那抹戒備隨即又如潮水退散。

一抹修長人影慢慢地從陰影處踱步而出。

那是一名紮綁著蓬鬆髮辮的藍髮男子，相貌俊雅，便服外罩著一件沾滿多種顏料的白袍，活像是剛從實驗室走出來的研究人員。但和渾身學術氣質相當不搭的是，他的肩上還扛著一把造型粗獷的金屬獵槍。

「希望我沒錯過什麼。」

放下長槍，榴華高中的校長從容地說。

澤蘭的出現，可以說是誰也沒想到。

飛到毛茅頭頂上的毛絨絨目瞪口呆，豆子似的眼睛瞪得又大又圓，尖尖的鳥喙也是張得大大的。

「澤老師？」即使是面對魔女也能鎮靜自若的毛茅，在確認那真的是他們社團的顧問後，不由得也吃了一驚，「你居然願意離開實驗室？你不是把它當成你老婆了？」

「錯。」澤蘭嚴肅地糾正，「那是我大老婆，小老婆們則是所有的實驗器材。」

「啊，聽起來更變態了呢。」毛茅說。

「有什麼話想說的，晚點再說吧，正事先處理。」澤蘭斂起了對著學生們習慣性展露的溫和笑意，墨色的眼珠掃向了那具被長槍打落的殘缺身體。

從人形污穢出現以來，這還是他第一次有幸親眼目睹。

縱使對方失去最顯著的特徵，澤蘭還是能從那頭如蛛絲的灰髮和耳際的片鰭，辨認出這就是第三位魔女。

人魚。

澤蘭無意識地動了動手指，將剛冒出頭的探究心壓抑下去。如果可以，他真想把這名人形污穢帶回去，將對方從頭到腳——噢，她連尾巴都沒了——裡裡外外地研究透徹。

可惜的是，不行。

不能活抓。

污穢必須當場殲滅。

這一切都是爲了避免舊事重演。

澤蘭看了一眼他的學生們，黑眸裡閃現過溫情又歸於平靜。他做出一個要其他人別上前的手勢，由自己主動走近那抹灰色人影。

魔女的崩解速度異常緩慢，並不是一口氣便化爲大量晶砂，而是從腰間陸續往上潰散。

「我的子彈還沒將妳的核心完全擊碎，不過也快了。」澤蘭舉起長槍，槍管抵上灰髮小女孩的蒼白額角，「妳感受得到吧？子彈正在往更深處鑿開，裂縫越迸越多，大約再十秒鐘，就會整個粉碎。而在這十秒內，對於我的問題，妳會給我一個線索。」

「你傻了嗎？」不客氣扔出這句質疑的是黑琅。

很顯然地，失去大部分身軀的魔女也有相同的看法。她嘲弄地扯動嘴角，像是在等著澤蘭如何從她嘴中撬出任何有用的字句。

只是那份嘲弄在藍髮男子開口後，倏地凍結在她的臉上。

不是因爲澤蘭的問題。

「魔女……妳們人形污穢是從何而來？」

而是因為，她突然間控制不住自己的嘴巴。

她明明用盡全力地緊閉著，但似乎有一股看不見的力量在扳扯著她的雙唇，將之霍然拉開，逼迫她張開嘴，擠出聲音。

「流……」

她就像離水的魚彈震起僅剩的軀體，發出了有若詛咒般的尖銳咆哮。

「流言蜚語——」

嘶喊聲猶盤旋在半空中，人魚最末的身軀也破碎瓦解，散落的晶砂像是一小片發光水窪，轉而又消失得無影無蹤。

最後，只留下閃爍著淡淡灰光的花葉結晶，以及外型怪異的布娃娃。

上一秒還直挺挺站著的藍髮男子，下一秒忽地腳一軟，整個人往下跌坐，就連他手中的那把長槍竟也散逸成虛影。

「澤老師！」

此起彼落響起的喊叫，讓澤蘭感受到社員們對他的關切。不過眼下他有一個問題，非得問出來不可。

「居然沒有一個人願意扶住我……老師有洪水猛獸那麼可怕嗎？」

「不，澤老師，你可比那可怕多了。」站在一邊的毛茅由衷地說。同樣站在邊側的白烏亞和高甜完全同意這個看法。

「只有你們在而已？」澤蘭放棄了解自己在毛茅他們心中的形象，轉而確認起人數，「沒有其他人了？」

高甜本來想點頭，可驀地想起自己和黑琅、毛絨絨都是後來才到的，不了解先前的狀況，於是她將目光投給毛茅。

「還有一個。」毛茅沒有讓白烏亞說明，自己率先出聲，「蜚葉除污社的海燕，我們有事約在外面碰頭，沒想到會碰上人魚。」

毛茅暫且省略了人魚就是小碧的部分，這些都可以回去在社課上一併拿出來討論。

「海燕？有敏感體質的那位女孩子？」澤蘭對於年輕一輩的實習生也有大致上的了解，他沒有多問毛茅他們碰面的緣由，直接挑了重點，「她在哪？情況如何？」

「事實上，」毛茅吐出一口氣，那張稚嫩的臉蛋上神情卻是淡淡的，「不太好，我有傳訊息給伊老師了。」

「那就好。」從毛茅異常冷淡的態度，澤蘭又豈會看不出他們與海燕間肯定發生了什麼。既然海燕安全無虞，他也不打算在這場合下談論會涉及學生個人隱私的事。他的話鋒一轉，目光對上現場唯一的陌生面孔。

黑髮褐膚的男人高大硬朗，五官鋒銳，一雙金瞳在暗夜像能發光似的；五官深邃，混了點異國風味。只不過這些都比不上他頭頂的一對毛茸茸尖耳，與身後不時擺晃的長尾巴更引人注目。

貓耳、貓尾。

毋須多加揣測，澤蘭一眼就能判斷出黑髮男人的身分。

「不愧是凌霄開發出的眞仿生契靈，就連人形也是相當完美呢。」澤蘭熱情地讚美著，「雖然說仿生契靈不是我擅長的領域，但我還是想邀請黑琅你到我的實驗室坐坐，最好能坐個三個月。」

「別以爲朕看不穿你的狼子野心，朕是不會讓你有機會觸摸朕尊貴的軀體！」黑琅凶惡地齜牙。

「陛下，這大好機會你別放過啊！」毛絨絨一旁搧風點火。要是黑琅能不在三個月，家裡就是他的天下，他也不用一天到晚擔心自己被霸凌了，「你看對方都能昧著良心誇讚你完美了，他絕對能成爲你的心靈之友的！」

黑琅猛地扭過頭，豎長的金瞳盯住了毛茅頭頂上的那團雪白，驀地咧開一個危險的笑容。

「蠢鳥，你以爲朕會忘記剛剛的事嗎？剛說吃了誰會三高啊？你說誰難吃啊？」黑琅步步進逼，「誰給你這種勇氣的？信不信朕立刻叫朕的鏟屎官把你拖出去凌遲再分屍！」

毛絨絨驚懼地抽了一口氣，淚珠被嚇得冒出打轉。

「凌遲完就沒得分屍啦，大毛。」毛茅糾正黑琅的語誤，「畢竟都刮得沒剩下了嘛，最多就是分骨頭架子了吧。」

毛絨絨看起來快昏倒了，他用兩隻翅膀抱緊自己身體，抖抖抖不停。

「啊，還有。」毛茅用腳尖踢踢黑琅，「我可不會幫你做這種事的啊，大毛。」

「用不著你做，朕自己來就可以。」黑琅將手指折得咔咔作響，嘴角扯出陰惻惻的獰笑。

求生欲讓毛絨絨果斷地拍翅就逃。

一人一鳥就此展開一場追逐戰，中途人還乾脆變回貓，卯足了勁繼續追。

「陛下不要啊！陛下！」

「你叫破喉嚨也沒人來救你了！不把你蒸煎煮炸，朕就不姓毛！」

「咦？欸！可是可是，陛下你本來就不姓毛了……啊啊啊！」

無視另一端的鳥飛貓跳，毛茅乾脆就地盤腿坐下，「澤老師，現在可以進入發問時間了嗎？」

見狀，白烏亞和高甜也跟著席地而坐。

毛茅痛心疾首地發現，他的同學和學長不偏不倚就是各挑他的左右落坐，他們又成了一個凹字形了。

「看在你們體諒老師暫時站不起來的份上，你們可以先問。」澤蘭說。

「澤老師，你受傷了？」白烏亞直觀地猜測著。

「傷到腳？腰？不能言說的地方？」高甜的發言與其說是關心，不如說更像是往人家傷口撒鹽。

澤蘭還是維持住了和善的笑意，頂多嘴角微微一抽。

「我沒受傷，只是一點後遺症。」他替自己澄清，免得會有更匪夷所思的猜想出現，他怕到時候連笑容都要繃不住了，「算是使用契靈的後遺症。」

「澤老師，你的仿生契靈太帥了，我可以申請也換成那種型態的嗎？」毛茅興致勃勃地瞅著澤蘭不放，那把造型粗獷的長槍太有男人味了，要不是消失得早，他一定會忍不住衝上去摸個兩把。

「我得承認一件事……」澤蘭清清喉嚨，跟小輩們透露了一點個人祕密，「那不是仿生契靈。」

三雙眼睛訝異地望著面前的藍髮男子。

榴華除魔社或是其他學校除污社的指導老師皆是前任除穢者，只因契魂進入枯竭期，契靈消失，才會從一線位置退居下來，成爲輔助型的人員。而一旦在校外實習時碰上污穢，他們使用的便是不需契魂作爲動力的仿生契靈。

可是現在，澤蘭卻說……

澤蘭將手握成拳，抵著唇，輕咳一聲，「我的契魂的確是進入枯竭期了，不過這枯竭期意外地……有點長。打個比方，就是燈油要燒光了，但就是還有一丁點在。」

「噢，我懂了。」毛茅恍然大悟，「長到現在還沒進入尾聲，契魂沒完全消失，所以契靈也還能用？」

「很好，反應很快，明天要不要來我的實驗室？老師請你吃點心。」澤蘭笑咪咪地說。

「謝謝，我們不約。」毛茅回予可愛的笑容，斬釘截鐵地拒絕了。

原先擔心紫髮男孩要被誘拐的兩人頓地放下心。

「太可惜了……」澤蘭無比遺憾，絲毫不曉得自己剛被學生們貼了個「誘拐犯」的標籤，「期待你改變心意的那天呢，毛茅。」

「放心好了，永遠不會有那天的。」毛茅看向澤蘭的眼神像寫著「醒醒，別作夢了」，「澤老師，那麼你方才對人魚做的……」

沒人會忘記方才那一幕。

在看不見的力量逼迫下，人魚竟是無法反抗，只能仰頭尖叫。

嘶喊出「流言蜚語」四個字。

「如果要解釋的話……」澤蘭慢悠悠地說，「算是天賦吧，和時衛差不多。時衛能看見契魂的位置，我的則是強制人吐露線索。老實說，不太好用。一來是用過一次要間隔多天才能再用，隨著契魂枯竭就隔更久了。二來是線索的定義太廣泛。我曾逼問過伊聲是不是拿了我放在冰箱的蛋糕卷，伊聲只給了我兩個字，廁所。」

「伊老師把蛋糕卷拿去廁所？」毛茅狐疑地問出其他人內心的疑問。

澤蘭嘆了一口氣，「吃的人是依月，然後那蛋糕卷原來早過期了，嗯……」

那個「嗯」字後面的含意，毛茅等人頓時心領神會，同時也更理解澤蘭指的「太廣泛」是何意。

就憑人魚吐露的「流言蜚語」這四字，涉及的範圍實在大得超乎想像，讓人一時間無從下手。

澤蘭沒說出口的是，在仍是除穢者的時候，他也曾多次逼問過污穢，但從未得到更具體、更讓人能夠理解的線索。

未知讓人著迷，也讓人執著。

這讓他越發想要找出污穢究竟從何而來，是否真是公認的土地污染，亦或是……還有其他的可能性？

既然逼問不出確切的資訊，那就從污穢留下的一切來想方設法地尋找。

只不過澤蘭也沒預料到一件事。

他對結晶居然過敏，就算拿出意志力，還是阻止不了不停的噴嚏和眼淚。

眞是該死！

「天賦……」毛茅咀嚼著這個詞，看著澤蘭的目光越漸同情，「所以澤老師你該不會也像社長一樣，身體也虛？」

「我們並稱爲榴華的雙虛。」澤蘭若無其事地爆了自己和時衛的料。

毛茅沉默半晌，直起背，伸手拍拍澤蘭的肩膀，語重心長地說，「澤老師，男人不能虛，要持久啊。」

對於這份關心，澤蘭直接轉開了話題。

「我猜伊聲他們估計快到了，我們把結晶收一收，過去和他們會合吧。」澤蘭站了起來，腳步仍有些虛浮。

見狀，在毛茅心裡人美心細又溫柔的白烏亞伸出了手。

將召出的契靈遞給澤蘭，意思是讓對方當拐杖用。

除魔社的指導老師在這一刻，不禁深深地懷疑起自己在學生們的心裡到底是被當成了什麼，簡直像是碰一下會被咬似的。

懷疑歸懷疑，澤蘭沒忘記先把外貌是連體人魚的布娃娃撿起來，再自然不過地往自己的白袍口袋一塞。

「別跟你們伊老師說。」澤蘭側過臉，豎起食指放置唇邊，「小紅帽自燃了，長髮公主被協會拿走了，人魚我可要先留下幾天，你們當沒看到就行。交換條件就是這幾天要是你們經過我實驗室，我也會當沒看到。」

「澤老師，你的實驗室聽起來簡直像捕蠅草……」毛茅還沒站直，就被人冷不防地打橫抱起，兩隻手臂繞過他的背部和膝窩處，將他舉離地面。

這讓他忍不住「哇」了一聲，不自覺瞪圓的金眸和高甜的黑瞳對視，他還真沒預料到有一天自己會被漂亮女生公主抱。

稍早的那次不算，畢竟還有毛絨絨隔在中間，那時候被公主抱的應該是毛絨絨才對。

「高甜？」毛茅眨眨眼，金黃的眼眸好似有絲茫然。

「果然沒錯。」高甜面色無波地和毛茅對視幾秒，這才將毛茅放下，隨即含帶冰屑的嗓音從那形狀優美的嘴唇中逸出，「太輕了。」

「哎？所以說妳剛這是在……」毛茅虛心求解。

「秤重。」高甜面不改色地說，「你矮就算了，連體重也輕成這樣。你是真的要當一株營養不良的小豆苗嗎？飯都吃到哪裡去了？洋芋片吃那麼多以爲就會長個子嗎？」

「會！」毛茅擲地有聲地回答，也不忘做出辯駁，「高甜妳也吃很多零食的嘛。」

「我高。」高甜俯視人的目光將「居高臨下」四個字解釋得淋漓盡致，她冷酷地再捅刀，

「高你二十公分以上。下次便當分你一點，你得多吃肉和蛋白質才行了，小豆苗。」

「別真的讓小豆苗變成我高中生活的綽號啊……」毛茅狀似苦惱地嘆氣，但看起來更像是隨口一說。

真男人可不會在意一個小小的綽號……最多在意一咪咪啦。

「對了。」澤蘭像是忽地想起什麼，頓了下腳步，「你們知道哪邊能得知最多流言蜚語嗎？」

「靜靜？」毛茅第一個想到的就是號稱八卦王的林靜靜。

「不是。」能背下全校師生的名字，澤蘭自是知道毛茅口中的「靜靜」是人名，他瞇眼溫和一笑，宣布了答案。

「是圖書館。」

圖書館。

澤蘭指的當然不是榴華高中的圖書館，或是其他地區的圖書館。而是除穢者協會底下的一個部門，就座落在各個分部當中。

裡頭藏有經年累月收集而來所有污穢的資料，以及各式書籍，如果想要查找任何有關污穢的事，此處往往是除穢者的第一選擇。

打從澤蘭向協會上報了人魚留下的最後四字，以及八年前人形污穢就有出沒跡象的情報後，各分部的圖書館無一不是陷入了忙碌狀態。館內人員以八年前作爲切入點，試圖從海量資訊裡找到和人形污穢沾得上邊的謠言、傳聞，或是都市傳說。

廣義來看，這些通通能算作是流言蜚語。

既然向社員們主動提起了圖書館，澤蘭決定直接擬定一次校外教學，帶領除魔社前往位在榴岩市邊界的榴華分部。

看著LINE群組發來的地址，毛茅彎起唇角，對這個即將前往的地方生出了幾分期待——具體的表現是他抓了三大包洋芋片塞進他的齒輪包包裡。

但緊接著跳出的訊息，讓毛茅剛翹起的嘴角迅速又垮了下去。

圖書館禁飲食，禁寵物。

看著躺在自己包包裡的三包零食，毛茅覺得那條規定簡直像是在狠心拆散他與洋芋片的戀情。他依依不捨地多看了好一會，這才心一橫，將它們從背包中拿出來。

剎那間，他彷彿聽到了洋芋片在對他泣訴著住手。

「住手！住手！」

驚慌失措的大叫猛地成為現實，在屋子裡迴響著，也讓毛茅從和洋芋片離別的沮喪中回過神。他抬起頭，瞧見的就是圓滾的雪球鳥照慣例被黑色大胖貓緊追不放。

「陛下你快住手啊！不要染指我的屁股！我是不會貢獻出來讓你烤的——」毛絨絨拉長了泣音，兩隻小翅膀拍得更猛烈。

「朕聽不懂你在說什麼，朕又沒有手。」仗著自己現在是貓咪型態，黑琅敏捷地在屋中躍跳，伸出的貓爪好幾次都差點碰到那顆白糰子。

毛絨絨毫不猶豫地選擇了奔向毛茅。

「毛茅啊！」豆大的淚珠飆出，毛絨絨一頭撞進了紫髮男孩的懷裡，在他的懷抱中瑟瑟發抖，順便蹭著腦袋尋求安慰，「嗚嗚嗚，陛下他好壞、好壞……」

黑琅緊急煞車，氣急敗壞地怒吼，「蠢鳥快死出去！那可是朕的王座！是你可以染指的嗎？啊？信不信朕拔光你的毛，吊在屋頂下！」

「咿！」毛絨絨嚇得眼淚又飛出一串，他連忙想飛進毛茅的衣服內，他需要毛茅的溫暖來安慰自己。

毛茅一把攔截住企圖鑽進自己上衣內的白糰子，「拔光毛是有點過分。」

「毛茅……」毛絨絨淚光閃閃地瞅著他們的一家之主不放。

「記得留二分之一啊。」毛茅溫柔地將毛絨絨往地面一放。

一抹黑影立刻凶猛撲來。

「好啦，你們倆在家慢慢玩。」毛茅拎起包包，準備出門參加社團的校外教學，「晚餐前我會回來的。」

滾成一團的黑貓與雪球鳥猛地齊齊停下動作。

「毛茅你要出門？」毛絨絨忙不迭從那隻停住的爪子下飛出來，急切地衝向毛茅，「帶我！帶我！」

「鏟屎官，你只有兩個選擇。」黑琅沉著一張貓臉，以最迅速的動作撲抱上毛茅的大腿，假裝自己是上面的附加裝飾品，「帶朕走，或者朕跟你走。」

面對一鳥一貓的死纏爛打，毛茅只是亮出自己的手機，讓他們看清楚上面的規定事項：禁、寵、物。

毛絨絨不敢置信地大叫，「是誰訂下這麼過分的規矩？寵物那麼可愛、那麼萌，特別是我……怎麼可以禁止寵物！是說毛茅我們要去哪裡呀？」

「沒有我們。」毛茅用指頭輕彈一下肩上的雪球鳥，「要去協會分部的圖書館。」

「沒錯，沒有你，只有朕跟毛茅而已。」黑琅從鼻子噴氣，「你這隻寵物就乖乖留在家。」

雖然被黑琅承認了也是家中寵物的地位，但是毛絨絨現在可高興不起來，他淚汪汪地控訴，「陛下不也是寵物嗎？」

黑琅冷笑，「傻了啊，你。朕可是陛下，陛下兩字懂嗎？」

對於兩隻寵物的爭執，毛茅沒打算介入。他只是從背包中摸出了一條繩子，然後纏在手上，用兩手拉直，對著黑琅和毛絨絨露出了開朗的笑容。

這瞬間，黑琅和毛絨絨都回想起曾被繩縛支配的恐懼感。

強烈的求生欲讓他倆猛地找到了另一個可以躲避繩縛，也可以符合圖書館規定的辦法。

玄關上突然白光乍閃。

下一秒，一貓一鳥全都不見身影，取而代之的是一名黑髮褐膚的高大男人與軟萌秀氣的白髮少年。

兩人飛快地各勾住毛茅的一隻手臂，大有堅決不放手的意味。

被夾在中間的毛茅吐出一口氣。

看樣子，他得問問澤老師……校外教學帶家屬一起去行嗎？

榴華分部的位置有點遠，在榴岩市和隔壁城市的交界處附近。

除魔社眾人就是約在那邊碰面。

毛茅還是第一次來到協會的相關據點，想到戰鬥服、仿生契靈，還有除穢者專用ＡＰＰ的華麗風格，他甚至都做好了會見到奢華建築物的心理準備。

因此當他站到了榴華分部前，幾乎以為自己找錯了地方。

原因無他，就是矗立在面前的建築物，和「奢華」絲毫沾不上邊。

佔地雖然廣大，但外觀看起來就是普通的水泥大樓，還有些老舊。其中最引人注目的，莫過於滿滿的九重葛覆蓋在一半的外牆上，瘋長的珊瑚紅花苞與雜亂無章攀爬出去的暗綠枝蔓，都替這幢樓房增添幾分破敗感。

假使在晚上看到，搞不好會被人誤認是一處廢墟。

「唔嗯……」紫髮男孩摸著下巴，「我都做好看見金光閃閃屋子的準備了耶。」

「事實上，時家的確有提過要替榴華分部翻修，但協會拒絕了。」一道聲音冷不丁傳來。

毛茅回過頭。

時衛不知何時站在身後，他雙手環胸，那雙漂亮的桃紅眼眸微瞇，投向榴華分部的目光帶著挑剔和嫌棄。

「金箔貼上鏤空雕花有什麼不好？」時衛咂咂舌說，「肯定比這一大叢九重葛美多了。」

「我也覺得應該挺美的。」毛茅想像一下那畫面，「不過人家分部就得一天到晚擔心外面的花被人撬了吧？」

「呸！花有什麼好？」立即有人持反對意見，黑琅一臉鄙夷，「這世上還有什麼能比朕更美的存在嗎？沒有！」

「陛下，你本來就離美很遠了，更不用說是現在這模樣，嗯……」毛絨絨盡量委婉地表達意見，「嗯，我實在不忍心說出實話……啊啊啊！」

「朕倒是很忍心。」狠狠踩上毛絨絨腳趾的黑琅若無其事地說，「信不信朕再更忍心一點啊？」

「嗚嗚嗚，信……太信了。」深怕另一隻腳也中獎的毛絨絨噙著兩泡眼淚，忙不迭跳離黑琅的身邊。

看著毛茅身邊一黑一白的身影，時衛若有所思地打量起黑的那抹存在。

從毛絨絨的稱呼和對方的自稱來看，很容易就能猜出他的真實身分。

化成人形的黑琅。

「我只有一個問題。」時衛說，「小不點，你家的貓不是胖得跟豬一樣嗎？」

「你才全家胖得跟豬一樣！」黑琅沒漏聽這句問話，當下勃然大怒，眼刀子咻咻咻地朝著時衛射過去，「朕明明完美無缺！」

「除了當貓的時候體脂肪明顯過高。」毛茅笑咪咪地拆了黑琅的台。

黑琅惱羞得連貓耳朵都竄出來了。

「不過就算這樣，我還是很愛你啊，大毛。」毛茅慢悠悠地把後半句補完。

黑琅還是板著一張臉，但怎樣也壓不下翹起的嘴角，一雙金瞳裡更是寫滿得意洋洋。

毛絨絨羨慕地望著黑琅，他也想要毛茅給他一句愛的告白啊。

心情大好的黑琅迅速地收起貓耳朵，但這短短的工夫裡，仍是被他人捕捉到了這一幕。

「黑……是黑琅嗎？」清脆的喊聲逸出，一頭橘髮的美麗少女三兩步地跑向前，溫暖的棕色眸子像浸滿璀璨春光。

木花梨早就聽說黑琅也變為人了，只可惜一直沒機會目睹，如今終於能夠見到那隻大黑貓的人形，讓她感到又驚又喜。

黑琅對木花梨的印象還算是不錯的，他倨傲地朝對方點了一下頭，算是回答方才的詢問。

「嗨，木學姊。」毛茅揮手打了招呼，緊接著他眼尖地發現到，木花梨剛走來的那條路上的樹蔭底下，還有一抹人影正緩緩前行，「那是……」

聽見疑問聲的木花梨回過頭，很快也發現了毛茅注視的目標，「啊，是黑梟。」隨著人影的接近，她的相貌也就越清晰地進入了眾人的視野當中。

那是一名膚色蒼白得不健康的長髮少女，一頭綁成兩束的粉色髮絲長至小腿位置，額前的劉海顯得過長，蓋住了眉毛。一雙淺灰色的眼瞳在白日下，似乎淡得快看不清楚顏色。

當她走在陰影裡的時候，就像要和陰影同化。可隨著她走至陽光底下，金澄的光線也無法消融她自身散發出來的陰沉和病氣。

倘若說木花梨如春陽溫和明亮，那麼黑梟就是極端的對比。

黑梟似乎沒察覺到其他人的視線，依舊低著頭，專心地一步步往前走。掛在腰間的灰色星星時不時地晃動，展現其陰森森的猙獰五官。

「黑梟，這裡！」木花梨舉高了手，待長髮少女抬起頭，她揚起明媚的笑顏，一雙眸子笑得彎彎。

黑梟停頓一下，接著動作稱得上僵硬地也抬起手，慢慢揮了揮。

「黑鳥？」黑琅不悅地咂了咂舌，「怎麼又是一隻鳥？」

「鳥很好啊。」毛絨絨小小聲地替他們鳥類聲援，但又怕太大聲被黑琅聽見，招來對方的欺負。

「是炊煙梟梟的梟喔，黑琅。」木花梨笑著糾正，轉頭又替毛茅介紹那名鮮少在社辦露面的二年級社員，「毛茅還沒和黑梟在社團碰過面對吧？她很文靜，只是比較少在社辦出現。」

「只因為她的占卜告訴她，那天她不宜來社辦。」時衛懶洋洋地插話。

這讓毛茅頓時想起，黑梟曾在花曜文創園區捧著一顆小水晶球，面無表情地說自己會有水難。

然後他當天就被伊聲潑了一杯水。

「黑梟學姊的占卜很準嗎？」毛茅問道。

木花梨只能看向時衛，她覺得黑梟很好，可她和對方實際上少有接觸，原因則出於……

「她有個直播間，有時會在上面占卜，聽說是挺準的。」時衛對於社員的大小事還是有一定了解的，「不過她總是逃社課的主要原因，在於她和薄荷不對盤，或者也可以說她們倆互看彼此不順眼。」

「咦？薄荷？」毛茅沒想到還會牽扯到那名已經被退社的雙馬尾少女。

「基本上，有薄荷在，黑梟就不會出現。」時衛聳聳肩膀。

「我以前常和薄荷在一起……」木花梨在提及薄荷時，語氣滲入了惆悵。雖然她走出來了，但對方終究是她曾喜歡過的人，「所以黑梟也會避著我。如果我們碰上了，她也會和我保持很大一段距離。我在想，她現在仍是不常來社辦，會不會……是因為我的關係？」

「放心，我覺得她純粹是想蹺社課。」時衛似笑非笑地說，「黑梟不喜歡薄荷，又不是不喜歡妳，別想太多。」

毛茅眼珠子一轉，可什麼也沒多說，只是用力點頭表達對時衛的認同。

受到鼓勵的木花梨一掃愁思，明亮的光采重新回到她的面容上，「眞的嗎？太好了。我之前一直擔心黑梟不喜歡我，都不好意思上前跟她討論冥王星寶寶。她一定也很喜歡的，才會把小灰掛在身上。說不定，我們倆還能組成一個冥王星寶寶同盟！」

藉著身高優勢，不會被人瞧見，黑琅不客氣地大翻白眼。

冥王星寶寶，那個智障節目。

視線一直在毛茅和黑琅間游移的毛絨絨馬上抓到了黑琅的小動作，順帶也判斷出對方的心思。他忍不住想，先不管冥王星寶寶究竟會不會讓人掉智商，這節目其實有毒吧？

否則怎麼會讓陛下邊看邊罵，邊罵邊看？

沒了猶豫不決，木花梨立刻就依想法行動。還沒等黑梟走近，她便先主動迎上前，只是話還沒說出口，黑梟忽地像受到驚嚇般一震，飛快往後連退了好幾步，頭也垂得更低，幾乎看不到她的眼睛。

木花梨回過頭，瞧向毛茅等人，那張素來染著吟吟笑意的面龐，如今看起來哀怨得像快哭了一樣。

木花梨用口形無聲地對小學弟和社長控訴：你們騙人。

黑梟哪有喜歡她？分明就是巴不得和她保持距離。

失落湧上木花梨的心頭，她設想好的冥王星寶寶同盟計畫這下只能胎死腹中了。

毛絨絨的眼力特別好，一下就發現黑梟藏在髮絲間的耳朵覆著鮮艷的紅色。他困惑地眨眨眼，不確定人類在不喜歡另一個人的時候，也會紅耳朵嗎？

一有問題，毛絨絨下意識就想向毛茅求解答，只是聲音尚未成形，就先被另一道男聲打斷。

「烏鴉和高甜會晚點到。」時衛瞄了一眼自己的手機，「一個路上堵車，一個不小心被新開的麵包店魅惑，他們到時會自行進來，就別管他們了。小不點，你確定要讓你的貓和鳥就這麼大剌剌地……噢，我懂了。」

時衛的問句斷了一下，那雙妖冶的桃紅色眼眸躍上恍然大悟。

圖書館禁帶寵物。

黑琅將一隻手臂擱上毛茅的肩頭，「上回朕沒跟著，朕的鏟屎官就差點被一隻魚欺負。這很明顯了吧？毛茅需要朕。」

毛絨絨挺起胸膛，用行動表示自己的立場與黑琅相同。

毛茅掛著可愛的笑，毫不留情地往那隻壓著自己的手臂捏了一記，對黑琅的吸氣聲充耳不聞，他注意到時衛的眉頭微蹙。

「社長，要是不方便，他們倆可以留在外面。」

「小不點，我想……」時衛審視地盯著黑琅和毛絨絨，「你的貓和鳥沒證件吧？」

毛茅用微笑回答。

「沒禮貌，別以爲我看不出你那眼神在說你是不是傻？」時衛輕哼一聲，「進入分部得刷證件，或是以團體的名義事先申請，那麼就只會點人數。」

「人數剛好了。」細弱又缺乏起伏的嗓音驀地響起。

引來大夥注意力的黑梟面無表情，她舉高自己的手機，小小聲地說，「項夂、項溪不來了，他們說肚子痛，這樣就多出兩個名額。」

「向東向西？」毛茅不解地問。

「是工頁項，冬天的冬和溪水的溪。」木花梨很快從學妹躲著自己的沮喪中振作起來，溫婉地幫忙解釋，「他們兩人也是二年級的。假使他們今天也來的話，那麼除魔社就眞的全員到齊了呢。」

於是在這一天，毛茅終於解開了他們社團的人數之謎，也終於知道了那兩名至今未露臉的小夥伴的名字。

項夂。

項溪。

新夥伴的名字大概三秒鐘後，就被毛茅很乾脆地拋到腦後了。

又不知道臉長怎樣，連性別男女都不曉得，更遑論是胸大不大了。總之與其多想那兩位神祕社員的事，毛茅還寧願多想他的洋芋片。

例如昨天買到的檸檬茶洋芋片，有點太酸。

回想起的滋味讓毛茅不由得皺了下臉，然後他的注意力就被徹底地移轉走了。

毛茅怎樣也沒想到，外觀看起來破舊的榴華分部，內裡竟然是如此的……

一言難盡。

刺眼至極的大量鮮紅與青綠侵佔了視野所及的任何地方，舉凡地板、天花板、牆壁、櫃台、圍欄、電梯門還是大片玻璃，皆被紅與綠覆蓋，形成了驚人的視覺印象。

這讓毛茅不禁想起和高甜初遇時的那座回收場，也是紅配綠的恐怖世界。

「就算再看一次，我也要給這配色零分的。」毛茅吐出一口氣，「傷眼睛。」

「啊啊啊，要瞎了！我的眼睛又要瞎一次了！」毛絨絨的反應更誇張，他痛苦地摀住眼睛，巴不得能甩去烙印眼底的紅綠色調，「我的審美細胞說它承受不住這一再的折磨！」

「很難受嗎？」黑琅破天荒地給予毛絨絨關切，他的語氣溫柔至極，「要不要朕幫你戳瞎眼睛？」

毛絨絨瞬間一個寒戰，雙手忙摀得更緊，腦袋更是猛力地搖，深怕自己一鬆手，銳利的貓爪子馬上就戳向自己的雙眼。

他還要留著眼睛看毛茅、看電視、看小黃書，看貧乳小姊姊或大姊姊的啊！

相較之下，除魔社的其餘人對這挑戰人神經的畫面卻是平靜得很。

時衛漫不經心地說，「再五秒——五、四、三、二、一。」

時衛的讀秒剛結束，同一時間，分部裡的景象猛地一變。鮮紅和青綠消失得無影無蹤，正常色調回歸到各項事物上。

放眼望去，就是一個再普通不過的大樓大廳。

唯一和普通無法掛勾上的，就僅有面對大門正前方壁面上的璀璨結晶群。它們外形似花似葉，簇擁在一起，燈光在剔透的晶體表面折閃出流動的瑰麗光澤。

這一幕差點閃瞎毛絨絨沒再用手遮擋的眼。

但不同於先前的痛苦，白髮少年這一刻是熱淚盈眶地大睜著眼，水藍色的雙眼眨也不眨，就算盯得眼睛有些痛了還是捨不得閉上。

「啊啊啊……」毛絨絨發出了長長的抽氣聲，那聲音甚至是顫抖著的，包括他整個人也在微微發顫。

「毛茅啊！」毛絨絨摀著嘴巴喊，假如他此時是鳥形狀態，那麼他的幾根尾羽絕對會是亢奮地翹起來，「上面那是寶石吧？閃閃發亮的，雖然不知道種類，但你說我偷偷去挖個幾塊下來，應該不會被發現的吧？」

「變回來了？」毛茅沒理會毛絨絨的問話，他驚訝地環視四周，然後視線和另一雙青碧如草原的眼眸對上。

毛茅睜圓了一雙眼睛，注意力立刻被眼睛以下的部分拉走。

好大的胸！

幾乎與木學姊不相上下！

毛茅迅速地再將目光移回到對方的臉上，然後換他控制不住地吸口氣。

那是張白嫩年輕的臉蛋，睫毛異常地長，碧綠的眼睛又大又漂亮，令人想到嫩芽的顏色。深藍色的蓬鬆長髮綁成了繁複的辮子，嘴唇嫣紅水潤，身周還飄著淡淡的青草香氣。

不管從哪個角度看都是美少女。

還是大胸美少女。

但會讓毛茅吸氣的主要原因，卻是源自於那名美少女怎麼看……簡直都像是翻轉性別而且年紀縮小的澤蘭！

光是長得像澤蘭這點，就足以讓毛茅反射性想與對方保持距離了。

最讓他感到怪異的還有……

那對渾圓飽滿的胸部，居然引不起他的一絲興趣。

他向來熱愛巨乳美人的雷達連響都不響，像是當機了一樣。

毛茅苦惱地摸著下巴，他懷疑自己是被剛剛的紅配綠給傷害到心靈了，才會出現這種後遺症。他扭頭看向木花梨，後者不明所以地給他一抹明媚微笑，剎那間讓他更苦惱了。

因為他的雷達明明就對木學姊有反應。難道說，那張太像澤老師的臉能夠抹滅他對巨乳的愛嗎？

嗯，估計是能的。

這廂紫髮男孩陷入了罕見的自我懷疑，另一廂，黑琅和毛絨絨自是也看出藍髮少女和澤蘭的相似。

「澤老師的妹妹!?」毛絨絨暫時忘卻對結晶的渴望，驚愕的喊聲迴盪在挑高的大廳當中。

疑似澤蘭妹妹的藍髮少女從櫃台後站了起來，眉毛挑成凌厲的弧度。

「誰是那註孤生變態的妹妹！」

「那可不是我妹妹。」

兩道聲音幾乎是同一時間響起。

「註孤生是什麼意思？」毛絨絨細聲地問道。

「註定孤老終生。」回答的人是黑梟。她的聲音太細太陰森，從她口中吐出的話語乍聽之下更像是詛咒，「例如只會玩手遊的時衛，只愛實驗室一切的澤蘭，還有審美扭曲的胡水綠，很明顯都正朝這條路上狂奔。」

冷不防被當成例子的三個人，有兩個不約而同地臉部一抽，唯獨澤蘭對此還沾沾自喜。

「實驗非常美好的，只要來我的實驗室坐個三天三夜，你們肯定能明白。」澤蘭將手斜插入白袍口袋，神情愉悅。

「別忘記我們還要參觀榴華分部，所以先回答你們的問題。一，方才那是投影效果，胡水綠非常熱愛紅配綠，但在榴華分部全體反對下，只好放棄把整棟大樓刷成紅色和綠色。二，牆上的不是寶石，但也不能挖。好了時衛，去胡水綠那簽個名吧。」

「眞不敢相信，我居然要跟澤老師你們排在一起？」時衛難掩濃濃的嫌棄，他走到櫃台前，在胡水綠拿出的本子上簽下了自己的大名。

全名是胡水綠的藍髮女孩坐回櫃台後，順道把翻倒的金屬名牌立好，「分部長」三個字龍飛鳳舞地刻在上面。

分……分部長？毛絨絨瞪大眼，是他想的那個分部長嗎？

所以說，榴華分部的領導人爲什麼會坐在櫃台當總機兼招待啊？

不待毛絨絨把滿腔的疑問吐出，澤蘭已經悠閒地往電梯前進。

「毛絨絨跟上啦。」毛茅回頭喊了一聲。

毛絨絨連忙小跑步上前，眼神依依不捨地直瞄往壁面上的華麗結晶。喜愛閃亮物品的天性，讓他的手指忍不住一直蠢蠢欲動。

目光黏在結晶上的下場，就是毛絨絨險些被關起的電梯門夾到。

隱約還能聽見黑琅遺憾地「切」了一聲。

及時將毛絨絨拉進電梯內的木花梨關切地問道：「毛絨絨沒事吧？你喜歡大廳牆上的那些東西嗎？嚴格來說，那也算是遺體的一種吧？」

遺、遺體？

毛絨絨被這幾個字嚇得一哆嗦，差點變回鳥型，好炸開一身雪白絨毛。接著他就看見人美心細，幾乎零缺點的橘髮少女露出了柔柔的微笑。

「因爲那些，都是污穢留下的結晶呀。」

「污穢的結晶」這幾個字，不只像落石般敲進毛絨絨的心頭，也在毛茅的腦海中不住地徘徊著。

過去私下打工的日子裡——好吧，這個打工還是現在進行式——毛茅對於污穢的結晶，還是有著一定程度的了解。

像是結晶能換錢啊。

換來的錢能買小黃書啊。

小黃書能讓精神更加地振奮啊。

他只是沒想到，榴華分部還會直接將結晶當成裝飾品，大剌剌地就放在大廳牆壁上，不知情的人見了恐怕還以爲是水晶簇。

但是，總不會全部的結晶都被各分部作爲裝飾用吧？

毛茅心裡冒出了這個疑問，也將這問題問出口了。

「這話要是讓協會的科研部或是分部的科研室聽見了，他們大概會氣得跳起來呢，毛茅。」澤蘭領著除魔社眾人往圖書館走去，「除了裝飾用，結晶最主要還是回饋到除穢者，當然還有你們實習生身上。」

「回饋……」毛茅的思緒突地被觸動，「該不會？」

「雖然不曉得你的該不會是指什麼，不過不管是刷黴斑的清潔劑、模糊記憶用的噴霧，或是大家佩戴的手環，都是利用結晶開發出來的，甚至包括仿生契靈也是。」澤蘭意味深長的眼神投向了黑琅和毛絨絨。

黑琅只是隨意地瞥了澤蘭一眼，那高傲的目光隨後又收回去，彷彿不將澤蘭所說的當成一回事。

什、什麼？毛絨絨大吃一驚，他想都沒想過自己的組成會是來自於污穢的……等等。

毛絨絨慢一拍地反應過來，他又不是仿生契靈。他連忙重新擺出冷靜的樣子，免得被看出來他是冒牌的仿生契靈。

「哇喔，這可眞厲害。」毛茅敬佩地說。

「用科學的角度想，把結晶當成一種珍稀礦物也行。越是強大的污穢，留下的結晶純度越高。」澤蘭說。

「也就是說能換更多錢？」毛茅的眼睛一亮。

「別鬧，實習生不能隨意接觸污穢，你就乖乖當一個小不點實習生就行。」時衛不客氣潑了一盆冷水。

「我向來很乖的啊。」毛茅笑嘻嘻地說，「還懂得積極認錯呢。」

沒錯，但死不改過——黑琅和毛絨絨不約而同地在腦中幫毛茅補了沒說出來的後半段。

時衛瞇眼盯著毛茅半晌，那眼神高深莫測，看不出來是否有被後者的話說服。

毛茅還是掛著可愛的笑容。

桃紅眼瞳和金眸的對峙，最後是以時衛先轉開而劃下句點。

毛茅在背後比了個勝利的手勢，反正不管社長看出什麼，他都絕對不會輕易透露他私下打污穢得到的結晶，都是拿給森柒兌換成現金的。

「其實榴華分部，一開始不是叫榴華分部。它原本是位在兩市的交界處，所以最初是用兩座城市的名字命名。後來土地重劃，分部完全被劃入榴岩市裡，離榴華高中較近，就改為榴華分部了。」談話間，澤蘭也領著眾人來到了頂樓。

榴華分部的基本構造呈現H形，地上五層地下兩層，中間是連接兩棟建築物的廊道，地下室是科研室的領地。至於大廳以上的樓層，左半邊是各課室共用，右半邊就是除魔社今天主要參觀的地點。

圖書館。

澤蘭打算讓大家從最上層一層層地逛下去，隨著木門被他推開，一個宛如書之迷宮的偌大空間躍入毛茅他們眼中。

高至天花板的書櫃一座接一座，彷彿無止盡地往深處延伸。每一層架上都塞著密密麻麻的書籍，不同色彩的書背在迷宮單一白色系中點綴了多抹鮮艷。

與榴華分部的其他地方不同，圖書館裡除了書以外，清一色都是白的。牆壁、地板、天花板，以及貫穿其中的廊道、樓梯，也白得像不染煙塵。

同為白色系的毛絨絨身處其中，就像是把他扔到了雪堆裡，一不注意就會搞丟他的身影。

「你們可以自由活動了。」澤蘭拍拍手，朝看過來的社員們宣布，「注意音量，但也用不著太輕聲細語。要是看見圖書館的人忙著找魔女的資料，不要客氣，儘管展現出你們的悠閒輕鬆給他們看。」

「澤老師，你眞的有一天走在路上會被人蓋布袋的。」毛茅發自肺腑地說。

「小不點，要是你發現有誰有這個打算，記得通知我一聲。」時衛眼睛盯著手機，連頭也沒抬一下，「我自願加入。」

木花梨搖搖頭，嘆了口氣，放棄提醒他們社長大白天還是少作夢了。發現和自己保持一段距離的黑梟正巧盯過來，她報以一抹親切的笑容，然後就看到對方用最快速度別過頭。

木花梨只能安慰自己，起碼學妹只是不看自己，而不是轉身就跑。

毛茅早就對這間雪白的圖書館感到蠢蠢欲動，聽說這裡再冷門的書都能找到。他打算好好搜尋一下，看能不能找到《歷年洋芋片口味大全》這本書。

噢，要是能碰巧發現那種封面有巨乳姊姊的書籍就更棒了！

滿心期待的毛茅剛要踏上尋找洋芋片之書和小黃書之旅，就被時衛喊住了腳步。

「小不點，等等。」

「哎？」

「等等烏鴉到了，記得找他帶你去科研室，領你的噴霧。」

「噴霧？啊，外形活像止汗劑的那個！」毛茅一擊掌心，想起高甜曾使用過的記憶模糊噴霧，「我的是什麼味道？高甜說過不能用食物系列的，實在太可惜了，我覺得洋芋片味就特別棒。」

「然後你就會往你自己臉上噴了。」時衛一針見血地說。

毛茅的眼神飄了下。洋芋片那麼美好，抵抗不了也不是他的錯啊。

「食物味是被禁止的，你別想了。」時衛說，「烏鴉幫你選擇了貓咪味。」

「我可以問什麼是貓咪味嗎？」毛茅虛心求教。

「那還用說嗎？指的當然就是朕的味道，難不成你還想著哪個妖艷小賤貨？」黑琅的金瞳立即凌厲一瞇，爪子在按捺下才沒「蹭」地冒出來。

「為、為什麼就不是鳥味呀……」毛絨絨哭喪著臉，感覺自己被排擠。

黑琅馬上身體力行地讓毛絨絨感受什麼叫排擠的滋味。

毛茅趁機一溜煙跑下樓梯，擺脫了自家的兩隻寵物。

正如澤蘭所說，圖書館內不管哪一層都能見到員工忙得團團轉。他們爬上爬下，不是把書放回去就是把書拿出來。

毛茅當然不會照澤蘭的交代特地跑上前彰顯自己的閒散，他又不是傻得想被人打。他避開較為忙碌的區塊，悠悠閒閒地在書櫃與書櫃間的通道裡尋找自己的目標。

來到四樓時，毛茅的目光很快就被攫住，使他不由自主地往前走去。

在一片缺乏人氣的雪白中，那抹耀眼的顏色格外顯眼。

那是一座金銅色的書櫃，大約兩人寬，精細的雕紋遍布書櫃表面，看起來更像是藝術品。

毛茅越走越近，透過那兩扇玻璃櫃門，他能夠清楚看見裡面空空蕩蕩，僅有一個應該是用來擱放書本的展示架置於其中。

但是，就連那個架子上也是什麼都沒有。

毛茅停住腳步，若有所思地打量這座連本書都沒有的書櫃。

忽地，一道軟軟的女孩子嗓音自毛茅身後傳出。

「那裡面放的是不可碰之書喔。」

毛茅沒有被這聲音嚇一跳，映在玻璃櫥窗的影子，讓他更早就察覺到有另一人的到來。他轉過頭，金眸裡完整納入了對方的身影。

那是一名身高和毛茅相仿的短髮少女，淺黃色蓬蓬髮絲和琥珀色眸子泛著溫暖的色澤。她的劉海則是全部往後梳，用多個繽紛的小花髮夾夾住，露出光潔的額頭和彎彎的眉毛。

「嗨，第一次在這裡看見你耶，你也是員工家屬嗎？還是實習生？」少女搖搖手指，笑容可掬。

「實習生。」雖說自家養父也和協會沾得上邊，但毛茅想了想，還是選擇後一個答案，「妳剛說這是不可碰之書，但是……」

少女顯然知道毛茅想問什麼，她笑嘻嘻地說，「因為這本不是正本啦，只是複刻本而已，所以還是可以碰的，大概是被圖書館的管理員拿走了吧。」

「爲什麼會是不可碰？書裡面有什麼危險嗎？」毛茅困惑地問。

「唔，聽說十幾年前這裡曾發生過污穢入侵的意外，不少除穢者都犧牲了，和那次事件有關的東西就被收在不可碰之書裡面，作爲一個紀念和警惕。但又希望大家都能看到，才會有複刻本出來……我媽媽是這樣告訴我的，至於爲什麼會叫不可碰……」

短髮少女的手指掩著嘴，塗成淺藍的指甲上彩繪著百合花，她的眼珠滴溜一轉隨後一雙眸子彎成弦月狀。

「大概是那些東西還是有危險性？我亂猜的啦。欸欸，你有看到榴華除魔社嗎？聽說他們來這了。」

「嗯，有啊。」毛茅很乾脆伸手往上一比，「他們在上面喔，他們很有名嗎？」

「當然啊，他們的臉超有名的呢。」少女直言不諱地說，「長得一個比一個好看！」

這點毛茅完全不能否認。

林靜靜都不只一次哀嘆過，像她這個掛名社員都不好意思站在大家旁邊，深怕拉低他們的顏值標準。

「謝謝你告訴我，那我先上去了。」深怕會和榴華除魔社的人錯過，短髮少女和毛茅揮揮手，便匆匆地跑上樓。跑到一半時，她忽然停了下來，從樓梯上探出頭。

「喂，你叫什麼名字啊？」

「毛茅。」

「聽起來很可愛耶，不過我的名字更可愛哈哈。我叫花宓，是蜑葉高中的，你以後可以考進我們學校來當我的學弟啊！」

少女露齒一笑，俏皮的酒窩隨著她的笑容浮現在頰邊，淺黃色的髮絲和琥珀色的眼瞳在燈光映照下，就像是蜂蜜一樣甜蜜。

第四章

被人誤當成國中生，對毛茅來說是屢見不鮮的事了。

他向來不會將此放在心上，畢竟娃娃臉是天生的，身高未來肯定會一飛沖天的——他對此深信不疑——最多只是那幾天牛奶喝得勤奮一點。

而毛茅堅信喝牛奶，也是要配合心情的。

唯有在好心情的情況下暢飲牛奶，才能吸收更多營養，對長高有眞正幫助。

基於這樣的信念，這一天……

紫髮男孩捧著一瓶牛奶，悠悠閒閒地坐在公園的長椅上，兩隻腳開開，背向後靠，抬頭望著天上瑰麗的霞光和遠處隱沒於雲層間的夕陽，覺得心情眞好。

果然他愛蹺課，蹺課使他快樂。

無視擺在一旁的手機瘋狂地跳出訊息，全是林靜靜在追問「人呢？人呢？人呢？」、「人不來好歹作業記得過來啊」、「算了，都快下課了」，毛茅喝著牛奶，看看雲看看樹，偶爾再看看忙於撲鳥的大胖黑貓。

被撲的毛絨絨驚恐地啾啾直叫，小翅膀拚命地撲騰。他不是沒想過要飛到毛茅那，但先前的經驗告訴他，毛茅只會抓住他再丟出去，並且笑咪咪地告訴他要好好玩。

毛絨絨眼淚飛灑，會認爲這好好玩的只有陛下吧？

嚶嚶，他只有感受到生死一瞬間啊！

「陛下、陛下！」見小公園裡只有毛茅在，毛絨絨也不再僞裝成一隻普通但萌度破錶的鳥了，他扯開嗓音喊，「撲我一點也不好玩的，撲蝶不是更好嗎？」

「撲蝶？」黑琅的步伐還眞的頓了一下。他扭頭看著另一邊翩翩飛舞的小黃蝶、小白蝶，貓臉上閃過一瞬的思量。

毛絨絨見自己脫逃有望，不由得喜出望外，「對啊對啊，撲蝶有氣質，而且那些小蝴蝶長得……」

他卡殼了一下，幾乎是心不甘情不願地擠出誇讚之詞。

「比我可愛。」

「喔，然後呢？」黑琅耐著性子等他說完。

「然後……然後當然是陛下你就該撲牠們啊！撲蝶這種有氣質的活動，才配得上陛下你啊！」毛絨絨爲了求生拚命地鼓吹著。

「朕知道自己天生高貴。」黑琅慢條斯理地說，「也知道你醜。不過呢……」

「不過什麼？」毛絨絨的一顆心提至嗓子口，本能讓他覺得不妙，甚至讓他沒覺察到自己又一次地被嫌醜。

「不過蝴蝶有你肥？有你圓？有你充滿彈性嗎？」

「呃，沒有……不、不對！我不肥的啊！我明明是毛蓬！」

「朕說你肥你就是肥。」黑琅獨斷獨行地做了結論。他抬起一隻貓爪子，舔舔爪尖，金眸瞬閃過銳利的光芒，「所以廢話就不用說了，繼續乖乖地被朕撲，好好地盡一個儲備糧食的義務吧！」

「儲備糧食明明只要負責被吃，哪有還要被當球玩的……不不不！這不表示我願意被吃啊啊啊！陛下求你不要，毛茅在看啊！」

聽見這撕心裂肺大喊的紫髮男孩看過來，他含著吸管，一隻手舉起來，衝著一黑一白兩道身影揮了揮。

那意思簡單明瞭。

慢慢玩啊，用不著管我，當我不在場吧。

眼見黑琅咧開險惡的笑容，白晃晃的利牙在日光下閃出嚇人的光，毛絨絨敢用自己的屁股羽毛發誓，黑琅的腦海中現在肯定掠過了如何烹調鳥類的一百零八種方法。

不不不，他不要被烤，不要被炸，不要被蒸！

他不要被吃掉！他還沒摸到可愛小姊姊的貧乳啊！

求生欲讓毛絨絨以最快速度往前飛竄，豆大的淚珠跟著一串串地往後飆飛，驚險地躲過了黑琅的凌空一爪，一路飛向了公園外。

黑琅自然不會放過空中的那顆白糰子，立即迅如閃電地追了出去。

見兩隻寵物一下就跑出公園，毛茅從椅子上站起喊了一聲。

「記得晚餐前回來啊！」

「啾！」

「喵！」

一鳥一貓就算再怎麼鬧騰，也不會忘記在有人的地方，要好好地隱瞞他們能說人話的事。

毛茅又坐回椅子上，悠哉地把最後幾口牛奶喝完。舔了舔嘴角沾到的牛奶漬，他滿足地吐出一口氣，覺得自己明天肯定就能長高了。

懷抱著美好的憧憬，毛茅感覺心情更好了，好得讓他決定……

再拆一包洋芋片吃！

沒錯，他就是如此熱愛洋芋片的帥氣少年。

從黑色背包裡翻出櫻花口味的洋芋片，毛茅興致高昂地拆開包裝，像小倉鼠般開始卡滋卡滋啃著薄又脆的餅乾。

啃著啃著，毛茅眼角餘光內出現一雙細細的腳。他下意識地往上看，發現一名陌生的女孩子就站在不遠處，一雙大大的眼睛正緊盯著自己不放。

毛茅吃東西的動作沒有停下，短短幾秒內，他也將對方打量完畢。看起來也是高中生年紀的女孩，戴著大大的粗框眼鏡，棕色的眸子亮晶晶的。亞麻綠長髮綁成微鬈蓬鬆的雙馬尾，垂落在胸前。身上的撞色穿搭鮮明搶眼，但又不會讓人感覺突兀，反而流露出稚氣可愛。九分褲下露出一截皓白纖細的腳踝，配上紅白帆布鞋，洋溢著青春氣息。

注意到毛茅察覺到自己，雙馬尾女孩舉起手，那被寬大袖子遮住大半的手指，像是打招呼般地微晃了晃。

毛茅眨眨眼，確定自己不認識對方，但還是回應地搖了搖手。

女孩眼中的光芒更亮，但臉上還有絲猶豫，像是在爲著什麼裹足不前。

被漂亮的女孩子緊盯著不放，毛茅是不會介意這種事情的，還是悠閒自若地坐在長椅上。唯一與先前稍有不同的，就是他吃東西的速度猛地加快不少。

他是不會讓任何人覬覦他的洋芋片的！

飛快將一整包零食吃完，毛茅發現裡頭還有一個附贈的小食玩。他拿出來一看，是隻可愛的小貓咪，頭上頂著花圈。

平常要是得到食玩，毛茅會把它帶回去當家裡的擺飾，不過這次獲得的是一隻貓。

毛茅考慮了三秒，決定明天把這隻小貓咪送給白烏亞，免得家裡另一隻貓因此爭風吃醋。

黑琅義正詞嚴地表示過了，家裡只准有一隻貓，那就是他。其他管他活的或不是活的，通通不准往家裡帶。

心裡這麼想的毛茅打算將花圈小貓咪收起來，而這個舉動立刻讓原本默不吭聲的女孩心急地大叫。

「啊啊！等、等一下！」

下定決心的雙馬尾女孩三兩步地跑了過來，一把抓住毛茅的手，也不管對方手指還沾著洋芋片的粉末，她酡紅著臉，鼓起勇氣大聲說：

「能不能……能不能把你送給我！」

饒是毛茅再怎麼心大，再怎麼對諸多事情保持著遊刃有餘的態度，突然有不認識的女孩子衝過來，劈頭就是一句——

能不能把你送給我？

毛茅一時也不禁呆懵住了。

不過畢竟是三不五時就會收到森柒寄來的結婚證書的人，轉眼他就恢復鎮靜。

「抱歉，不能耶。」他露出開朗的笑臉，「我還沒到法定結婚年齡，而且我喜歡更成熟的。唔，不論是年紀還是身材都是。」

陶渺渺花了好幾秒才反應過來對方的言下之意就是嫌她長得太發育不良，再直接一點就是胸不夠大。

原先不小心口誤帶來的尷尬頓時都讓陶渺渺拋到了腦後，就算面前的國中生長得很可愛，她還是好想打人。

不行不行，想想妳的目的，想想人家比妳還要小……陶渺渺趕緊做了個深呼吸，才沒有當場惱羞成怒。

「我、我不是那個意思！」陶渺渺臉上紅暈未退，只不過先前是害羞，現在是被氣的，「我剛那是說太快，我對國中生也沒興趣的，你大可以放心好了。」

「我高中了啊。」毛茅說。

「咦？欸？」陶渺渺愣了愣。她上上下下地看著這名才一百五十幾公分，臉嫩得像能掐出水的紫髮男孩，難以相信對方居然和自己同樣是高中生，「騙人吧？你怎麼看都國一耶！」

「不是，是高一。」見小公園裡沒有垃圾桶，毛茅將零食袋和摺起的牛奶盒都先往包包內塞，花圈小貓則被他隨手往口袋內放。

「啊，就說等一下啦！」陶渺渺連忙再抓住毛茅的手，也無暇去懷疑對方的真正年紀了，「那隻貓……拉芙拉芙洋芋片現在推出買零食送食玩的小活動，隨機贈送一系列的花圈小貓咪，你那隻貓戴的是白花圈吧？那是雛菊吧？」

毛茅攤開掌心，小貓咪戴的確實是小雛菊花圈。

陶渺渺先是低呼了一聲「果然好可愛」，接著不同於方才連珠炮說話的氣勢，她吞吞吐吐地說：

「那個……那隻貓能不能送給我？我很喜歡拉芙拉芙家這次推出的食玩，但是我不喜歡吃洋芋片……怎麼了？」

陶渺渺發現紫髮男孩一臉震驚、不敢相信的表情。

她不曉得那個表情還有個意思，叫作——怎麼可能會有人不喜歡洋芋片？洋芋片那麼好、那麼棒！

毛茅搖搖頭，嘆口氣，又搖搖頭，感慨對方的人生就這麼錯失了一項美食。

陶渺渺被弄得一頭霧水，但面前的男孩子對她而言只是陌生人，她在意的只有那隻對她來說很重要的小貓咪。

「所、所以說，能不能送給我，或者是我跟你買也可以的！」陶渺渺殷切地追問道：「我眞的很想要它，拜託你了！」

陶渺渺睜大水汪汪的棕眸，俏麗的臉蛋上布滿祈求，嗓音被她放得又軟又甜。在她的認知中，男生向來最難以抵抗她這套。

但是紫髮男孩卻拒絕了，「不好意思啊，我想自己留下來。」

陶渺渺大吃一驚，「咦咦咦？怎麼這樣？面對可愛女孩的拜託，不是當然要答應她嗎？」

「大概是可愛的東西我見多了。」毛茅不以爲然地聳聳肩膀，「像我每天照鏡子都會見到。」

陶渺渺一時語塞，她想說這也太厚臉皮了，偏偏對方的確長得很可愛。在她絞盡腦汁想著還有什麼辦法的時候，紫髮男孩已經拎起包包，顯然是打算離開了。

情急之下，陶渺渺只能拉住黑色齒輪包的一條背帶，一邊扭頭朝小公園外邊呼喊。

「黑梟、黑梟！妳快點過來啦！我發現跟雛菊有關的東西了！妳趕快過來幫我看一看！」

熟悉的人名讓毛茅本欲奪回包包的動作一頓。

黑梟？

是他知道的那位黑梟學姊嗎？還是說碰巧同名同姓？

很快地，答案就揭曉了。

從小公園外慢吞吞走過來的，赫然就是二年級的黑梟沒錯。

那名過於蒼白的少女依舊佩戴著陰森怪異的灰色星星玩偶，長至小腿肚的粉色長髮走動間時不時擺晃出小小的弧度。

即使是見到毛茅後，她的速度依然沒有加快，那張像缺乏血色的面龐也沒有出現任何表情；淺灰近白的眼睛似乎能把人盯得心裡發毛，反射性想轉身就逃。

她和陶渺渺站在一塊，簡直像所有的亮麗色彩都跑到了後者身上。

「蹺課愉快，毛茅。」黑梟在毛茅前方站定腳步，音量還是一如往常般微弱。

「咦？」陶渺渺詫異地轉頭看著黑梟，手裡抓著的背帶不自覺被她鬆開。

「確實是挺愉快的。妳好呀，黑梟學姊。」毛茅笑嘻嘻地打招呼。

「咦!?」陶渺渺的聲音猝地拔高，用更猛烈的速度扭頭看向毛茅，「你們、你們……所以你們認識喔！」

「學弟。」黑梟指指毛茅，再指向自己，「學姊。他一年級，我二年級。」

「原來你真的是高中生……」陶渺渺最先想到的是這點，緊接著她雙眼放光，「既然是認識的，黑梟，妳快幫我跟妳學弟解釋一下，那隻雛菊花圈的小貓對我們真的很重要。」

毛茅沒有漏聽「我們」兩字。

「學姊，難道說……」毛茅猜測著，「妳們是狂熱的花圈小貓咪收集者？」

「我對貓沒興趣。」黑梟直言不諱，「對我也不重要。」

「明明就是黑梟妳說雛菊是重要線索的！」陶渺渺急得跺腳，「不然我幹嘛非得跟妳學弟要那隻花圈小貓……雖然我的確也有在收集啦。」

毛茅看看一臉漠然的黑梟，再看看和黑梟完全相反情緒的雙馬尾女孩。不得不說，他被勾起好奇心了。

「花圈小貓可以送給妳們沒關係。」毛茅說，「只要有人願意告訴我這隻小貓究竟捲入了什麼事件。」

「真的嗎？太好了！」陶渺渺沒想到事情會這麼順利，她當即一口應允，「學弟你人真好。你叫什麼名字？我是陶渺渺，碧嶼二年級的。」

「碧嶼高中，隔壁翡嶼市的學校。」黑梟說。

「原來……」毛茅恍然，「我是毛茅，第二個字是草字頭的茅。」

「謝謝你了，毛茅。不過再等我一下下，有件重要的事我得先做才行。」心情頓時雨過天晴的陶渺渺笑靨如花地說，「很快就好。」

「我們去那邊坐。」黑梟指著毛茅先前坐過的長椅，「陶渺渺的快等於慢。」

「黑梟學姊，妳和陶渺渺……」毛茅問道。

「網路上認識。」黑梟說話仍舊是小小聲的，「她找我幫忙占卜。」

「那隻花圈小貓……和占卜有關係是嗎？」毛茅迅速領會。

黑梟點點頭，陷入靜默。她像尊沒有人氣的人偶，端正地坐在椅上，擱在大腿上的雙手白得連青藍色的血管都清晰可見。

毛茅嗅出對方沒興趣再說話，他將目光轉至正前方的陶渺渺。

陶渺渺將戴花圈的貓咪食玩放在一塊石頭上，然後拿出手機，蹲在一旁，不斷從各個方向拍照。時不時還抬頭看看光線角度，再幫小貓咪換個位置。

拍了大約十幾張，陶渺渺把花圈小貓拿起來，和自己來個自拍。她嘟嘴、歪頭、瞪眼或是鼓起腮幫子，或是改變自己的姿勢，一個人拍得不亦樂乎，似乎忘記旁邊還有兩個人在等著她。

毛茅總算明白，爲什麼黑曩會說陶渺渺的快等於慢了。

「我問你……」黑曩細弱的聲音冷不防又冒出。

可立刻被陶渺渺的大喊打斷。

「黑曩，妳過來和我拍一下啦！」

「不要。」

「妳說什麼？太小聲了，我聽不見！」

「你跟她說我不要。」黑曩連加大音量都不願，直接找毛茅代勞，「我和她又不是朋友，她給的委託費沒有包括拍照的服務。」

毛茅覺得收到的訊息量有點多。

沒得到回音的陶渺渺乾脆跑了過來，「黑曩，和我拍一下啦。我想拍張主題是小貓咪和友情的照片，我們一起合比一顆心。」

「不要。」黑梟說，「我都還沒跟喜歡的人拍過，爲什麼要跟不是朋友的妳拍？」

「不是朋友也能拍啊，好歹我們也是網路上認識的。」陶渺渺似乎不介意黑梟冷漠的態度，她很快就改眨巴地瞅著毛茅，「欸欸，毛茅你說服一下黑梟嘛，我們可以一起比手指愛心，六個心加上小貓，就是很棒的友情照了。」

「友情照應該要和好朋友拍呀。」毛茅給了陶渺渺一個軟釘子。

「照片上看起來像朋友就好了嘛，反正網路上的人又不曉得。」發現黑梟看都不看自己一眼，而毛茅仍是笑咪咪的態度，卻全然沒鬆動，陶渺渺只得打消這個念頭，「好啦，不拍也沒關係，那你們再等我傳個照……啊！」

陶渺渺瞬間驚叫出聲，她的手機不知道怎麼從手裡滑落的，直直就往地面砸，還不偏不倚是螢幕朝下。

陶渺渺抽了一口氣，急忙蹲下身撿起自己的手機。一翻過來看，明顯的裂痕宛如小型蛛網在螢幕左上角綻開。

直愣愣地看著那一角裂痕好半晌，雙馬尾女孩沮喪地垮下肩膀。

「我的玻璃貼……又摔裂了。」

「第三個了？」黑梟細聲地問。

「是第四個、第四個！」陶渺渺像受到刺激，握著手機揮舞，「已經是這個月的第四片玻璃貼了！」

「哇喔！」毛茅不禁要同情起來了，一個月就摔壞了四片，這數字有點驚人。

「我一點也不想一個月內湊成一打的，不知情的人還以為我是摔手機魔人呢。」陶渺渺一邊嘀咕地抱怨，一邊檢查著手機功能。好在除了螢幕保護貼有裂痕外，其他並沒有什麼問題，「黑梟，幫我拍個手機照再傳給我。」

手機螢幕破裂的照片很快就發了出去。

陶渺渺保持蹲著的姿勢，快速地登上IG，將黑梟傳來的那張照片發上去，配上文字「手機又摔了，我好倒楣啊，大哭大哭」，底下也沒忘記加上一堆TAG。

等到動態發布成功，她朝毛茅招招手，「學弟你過來，給你看看我這個月內到底是有多倒楣。」

毛茅依言湊過去，看著陶渺渺展示她IG上的多張照片——手機螢幕碎裂的、飲料杯底部破洞的、手指貼OK繃的、膝蓋或手肘纏繃帶的。

這一路看下去，除了「倒楣」兩字，還真想不出更貼切的形容詞了。

「啊，當然不只這種照片啦，只是最近真的太慘了。」深怕毛茅誤以為自己的IG只有這種和美麗差得十萬八千里的照片，陶渺渺趕忙又在手機上滑動，向對方展示那些更好的作品，

「平常我都是放這些的，我自認我的穿搭美學還挺不錯的唷。」

陶渺渺這點倒是沒說錯。

從毛茅的眼光來看，也覺得照片中的雙馬尾少女青春亮麗，尤其搭配的衣服更是替本就長相甜美的她加了不少分。

陶渺渺雖說個子嬌小，卻有辦法藉由穿搭讓自己的身形顯得修長。而上衣、褲子、裙子上的那些繽紛色彩，更讓人彷如一頭撞進最鮮明的夏季裡。

陶渺渺對自己很有信心，她認為紫髮男孩一定會忍不住花更多時間在瀏覽她的IG美照上。

然而毛茅的反應和她想的不一樣。

毛茅只隨意地瞥了幾眼，就要把她遞來的手機再交還回去。但就在下一秒，一張碰巧撞進他眼中的照片吸引了他的注意力。

那是一張雙人合照。

照片裡的兩名女孩子笑得開心，在乾燥花牆前面一起比出了大愛心的手勢。一人便是綁著雙馬尾的陶渺渺，另一人的臉……

毛茅有些印象。

「這個人……她是不是叫花宓？」毛茅想起來了，對方就是前天他在榴華分部裡碰到的黃髮少女。

「你也認識花宓？還是說你有追她IG？不對啊，你有追她的話，那應該也會追我的。」陶渺渺一臉狐疑地打量著毛茅，「我們是好朋友，在IG上還被粉絲稱爲桃花二人組耶。」

陶渺渺。

花宓。

把兩人的姓氏連結起來，確實就是「桃花」的音。

「我沒在玩IG，不過家裡人有玩。」毛茅說的是毛絨絨。

不管是用鳥形還是人形，毛絨絨玩起社群網站可是比毛茅這名人類還要順手、熟練。他還在IG上申請了一個毛絨絨的帳號，有事沒事就放放自己的美照。

宛如雪大福的圓滾鳥在上面爲他獲得了一票粉絲，以粉絲數字來看，也稱得上是一個小網紅了。

「那等你有玩的時候，記得來關注我和花宓。要是不曉得該放什麼照片好吸引人，也可以來問我們。」陶渺渺熱情地給予建議，「像我們桃花組就是以穿搭和可愛有趣爲重點，不過只放個人照會太單薄了，記得也要放熱鬧的團體照。可以上網租幾個朋友陪你一起拍，人家就會羨慕你朋友好多。」

這還是毛茅頭一回聽見，「租朋友？」

「我和花宓就是這樣認識的。怎麼，難道你以爲我們沒朋友嗎？」陶渺渺噘起嘴，「拜託，當然有啊。但我們IG的粉絲會想，我們那麼可愛，朋友肯定非常多，所以朋友照要多變化，人家才會覺得你的生活天天都超充實、超幸……」

「還有半小時。」

黑梟細微的嗓音猛地插入對話，像冷風吹到人的脖子上，讓陶渺渺打了一個激靈，頓時蹦跳起來。

「啊！我記得、我沒忘！」陶渺渺慌張地將花圈小貓拿出來交給黑梟，「黑梟妳快看看，這個雛菊跟妳說的雛菊有沒有關係？」

黑梟將戴著雛菊花圈的小貓擺在椅上，從包包裡掏出了一顆水晶球，雙手捧著，眼睫垂掩，遮住淺灰的眼瞳。

陶渺渺在旁邊屏息以待。

一分鐘過後，黑梟睜開眼，「不是。」

「哎？」陶渺渺一臉茫然。

「黑梟學姊，什麼東西不是？」毛茅好奇地問。

「陶渺渺倒楣，找我幫忙，我占卜的結果是跟雛菊有關。」黑梟言簡意賅地說，「她付錢，今天下午我陪她一起找線索。」

「然後就看到你的雛菊花圈小貓了……」陶渺渺還記得發現時的驚喜，只是現在就只剩滿滿的失望，「結果跟這個沒關啊……難不成要去找有開雛菊的地方？黑梟，妳就沒辦法再占卜得更詳細一點嗎？最好是直接說什麼原因讓我倒楣的。」

「那我就去買樂透了，何必接妳委託賺錢？」黑梟扯出陰森森的冷笑，堵得陶渺渺無話可說。但她突然又話鋒一轉，「我現在可以再幫妳占一次，因爲妳找到了我的幸運物。」

「咦？」陶渺渺不懂。

「哎？」毛茅也不懂。

「一年級學弟是我星座今天的幸運物，可以加乘我的運氣。」黑梟抬起蒼白的指尖，正對著毛茅，「我再占一次，很可能能得到不同的線索。」

「太……太好了！」陶渺渺歡呼一聲，沒想到會有這個意外的收穫。知道黑梟占卜不喜歡被打擾，她拉著毛茅往後退了幾步，「你可別走啊，一年級學弟，我和黑梟現在非常需要你的。」

毛茅點點頭，他對黑梟的占卜也很有興趣。不知道之後能不能委託學姊，幫忙占一下那種超稀有的限量版洋芋片，要去哪區的超商才容易買得到。

等待的時間讓陶渺渺感到無聊，她習慣性地拿起手機，發現花宓的頭像跳了出來，顯示有未讀對話的紅色數字就亮晃晃地掛在頭像上面。

陶渺渺戳開對話，是花宓來關心自己的情況，問倒楣的事情有沒有減少。

陶渺渺先和花宓抱怨了幾句，兩人很快又轉爲日常閒聊。

聊著聊著，花宓那邊就丟來一張圖片。

陶渺渺發了一個鄙夷的表情，她已經看過這張圖好幾次了。

附圖的文字是朋友的朋友說晚上在某某地區，看見了拖著斧頭的人影，那人還穿著紅色的鞋子。希望大家經過那地區時多多留意，小心自己的人身安全，那可能是個斧頭殺人魔。

陶渺渺對此只想大翻白眼，這怎麼看都是網路謠言嘛。

如果真的有人拿著斧頭在街上走，早就被人拍下來，或是打電話給警察局了。

而且還穿紅鞋子，那特徵不是更明顯嗎？

陶渺渺正想嘲笑花宓也太慢一拍了，居然現在才看到這張圖，一聲「小心」驀然在她耳邊響起。還沒等她意識過來，有什麼就砸在了她的鞋尖處。

腳趾的疼痛迅速蔓延開來，讓陶渺渺甜美的臉蛋疼得都扭曲了。

「痛痛痛……」陶渺渺在原地直跳腳，這感覺和冬天腳趾踢到床角差不多，「到底是什麼東西……」

她的聲音一頓，看見了滾落在腳邊的水晶球。

棕眸愕然地看向黑梟。

「水晶球突然滑掉了。」目睹全程的毛茅說，「掉的軌跡還挺曲折的。」

曲折到那麼剛好就砸上了陶渺渺的腳。

毛茅不自覺地摸摸下巴，在這麼短的時間就出了兩次小意外。倘若連之前的那些都算上，陶渺渺倒楣的程度簡直高得有點不正常了。

黑梟微蹙起眉毛，似乎也感到困惑，「我剛捧得好好的。」

「算了，反正也不是第一次莫名其妙發生意外了……」近期幾乎倒楣成習慣的陶渺渺放棄探討原因，她忍著腳趾陣陣的抽痛，急切地追問道：「黑梟，有雛菊以外的新線索嗎？」

黑梟頷首，說出了她的占卜結果。

她看到綠色。

第五章

金橘色的霞光覆蓋了半邊天空，將原先的藍天染成昏黃色調。

正值放學時間，翡葉高中的校門口擁出大批學生，乍看下就像是暗紅色的魚群匯聚一塊，再飛快地朝四周散開。

「花宓掰掰！」

「明天見啦！」

「說好要幫我畫指甲的，別忘記！」

「知道、知道。」

「還有我，我要跟花宓妳這次一樣的圖案！」

「好喔，掰啦！」

和幾名同學揮手告別後，淺黃短髮的少女忍不住低頭看了看自己繪製的指甲。淺粉和淡紫的櫻花盛綻，看起來精緻又漂亮，她的嘴角忍不住高高揚起。

決定了，下次就來畫藍色玫瑰吧！

腦中想著藍玫瑰的構圖，花宓一手習慣性地抓著書包肩帶，一手靈活地刷起手機，看著IG

上有什麼新動態。

剛點進自己的帳號，立刻就收到了愛心和粉絲都增加的通知。看著那越來越多的粉絲數字，花宓露出愉快的笑容。她用單手快速地回覆著照片底下的留言，也沒忘記去主頁刷刷其他人的照片。

一看到陶渺渺發的手機螢幕碎裂照，她馬上留了一個摸頭的符號和大笑的表情。想想這樣還不夠，她壞心眼地又加上一句摔手機魔人。

想到陶渺渺之後鐵定會忍不住打電話過來抱怨兼哀號，花宓忍不住摀著嘴竊笑。陶渺渺的反應眞的太有趣了，不能怪她老是喜歡故意逗對方玩。

刷了一會照片，貢獻了不少愛心給其他人，花宓點開臉書，馬上就看見有朋友標註自己和許多人，分享了一張圖片。

「斧頭殺人魔……」花宓喃喃地說，隨後不以爲然地撇撇嘴。這上面的訊息一看就是捏造的，誰會相信有人大剌剌地拖著斧頭在路上走啊。

眞要有的話，那人早就被警察抓起來了。路口的監視器那麼多，要找出那個所謂的斧頭殺人魔也不是什麼難事，哪可能放到現在不處理？

而且比起斧頭殺人魔，花宓可是看過更嚇人的東西。污穢。

從土地裡誕生出來的怪物。

普通人不知道這種怪物的存在，全是因爲除穢者的功勞。

花宓是有些羨慕能成爲除穢者的人，她有契魂，可惜至今沒有成熟，只能看見徽斑，召不出契靈的。

而沒有契靈，他們蜚葉除污社的社長是不允許人入社的。

花宓幽怨地嘆了一口氣，開始後悔自己前天在榴華分部時，怎麼沒拜託榴華除魔社的社長幫她看一下契魂。

除穢者這個圈子內的人都知道，時衛具有能看穿契魂位置和契魂是否會成熟的奇特天賦。

「我眞是笨蛋，居然沒有把握機會……」花宓敲了敲自己的腦袋，但思及當日看見的除魔社眾人，臉上不禁又露出憧憬，「顏值第一社團的名號果然不是假的……啊啊，爲什麼分部要規定職員家屬不能帶手機進去？不然就能跟他們拍個照了……」

花宓心情惆悵，所以她決定要去騷擾陶渺渺。

照慣例地先問起陶渺渺的倒楣體質改善了沒，果然換得對方大哭的表情。

抱持著別人不開心，自己就開心了的花宓頓時覺得平衡許多，她安慰了陶渺渺幾句，兩人的話題很快就轉成日常閒聊。

聊著聊著，花宓順便把那張斧頭殺人魔的警告圖發了過去。

陶渺渺立刻發了鄙視的表情，她的看法就和花宓一樣，都認爲這只不過是又一次的網路謠言罷了。

見陶渺渺暫時沒有回應，花宓只當對方去忙了。跳出聊天頁面，她想著這禮拜假日要安排什麼活動。

喜歡的甜點店推出了期間限定的下午茶套餐，粉專上貼出的照片超級美的。但套餐是雙人份，還有網路上介紹的水果聖代跟可麗餅也想試試……

只不過與自己要好的幾個同學那天都沒空，約陶渺渺也不是不行，但陶渺渺最近太倒楣，萬一中間又碰上什麼意外……

花宓只好將陶渺渺的名字打叉。她在腦內又搜尋一圈，還是沒找到適合的人選。

還是說……再去租幾個朋友？

這個念頭剛轉過，花宓又喪氣地打消。

就算那些朋友可以全程配合她的行動，一起拍出各式各樣有趣的照片，問題就在於收費不便宜。

兩個小時就將近三千元。

想到自己近期的荷包有點扁，花宓決定還是留下來買別的東西吧。

冷不丁，花宓聽見了一串啾啾叫，她下意識地仰起頭，刺眼的日光讓她必須抬手遮著眼。

在她微瞇的視野中，有顆白糰子格外顯眼。

那是隻活像是雪白麻糬的圓滾小鳥，短短的翅膀尖和尾羽是灰色的，腦袋兩側各有圓點，活像是戴上小巧的耳罩。

小鳥不時啾嗚幾聲，飛行的模樣不知怎地給人一種驚惶逃竄的狼狽感。

下一秒，花宓就發覺那不是自己的錯覺。

那隻圓滾滾的小鳥是真的在逃難，他的後面有一隻一看就是超重的大胖黑貓在窮追不捨。

其實第一眼，花宓還真無法確定那是不是貓。

好胖、好多肉！肚子還會像布丁充滿彈性地晃！

那真不是小黑豬嗎？

但伴隨著那抹胖嘟嘟黑影的凶狠喵喵叫，花宓總算確認了那是一隻貓。

黑貓以不符合他體型的靈敏緊追在小白鳥後面，看都沒看站在一邊的黃髮少女一眼。

花宓一時間腦子一熱，衝著那隻黑貓喊，「等一下！不能欺負小鳥啊！」

黑貓沒理她。

反倒是白色小鳥猶如好奇地側過頭，緊接著赫然在空中來個急轉彎。他就像束白色的流星，直直地往前俯衝。

「喵喵喵！」蠢鳥你要飛去哪？

礙於有人在場，黑琅只能用喵叫發出質問。

從小公園飛出來，就被黑琅一路追趕的毛絨絨在這一刻，全然沒聽見黑琅的叫聲。

所有聲音像是被屏蔽了。

在這個宛若無聲的空間裡，毛絨絨滿心滿眼都只看得見一樣東西。

那個美妙的曲線。

美麗的微微微微凸弧度。

簡直像閃著聖光的理想之地。

那個只有一點點起伏，像是正要進入發育期的平坦胸口。

那就是……

那就是他夢寐以求的貧乳小姊姊啊啊啊啊！

遭到魅惑的毛絨絨只覺腦子一片空白，本能讓他更快一步地行動。他就像一塊被吸引的磁石，飛速往散發強烈磁力的中心撲了過去。

「啪」的一聲，毛絨絨一頭撞上了花宓的胸前，小小的爪子勾住領口，像顆雪球掛在了花宓的制服上。

花宓瞪大眼，又驚又喜地看著這隻堪稱是投懷送抱的雪球鳥。

啊啊啊！好可愛好可愛！太可愛了！花宓腦中瘋狂跑著這一連串彈幕。一個想法在她的心中生起，她緊繃著身子，不敢隨意動彈，兩隻手則是小心翼翼地上抬，越來越靠近雪球鳥。

「喵喵喵喵喵！」黑琅氣急敗壞地斥罵著被美色誘惑的毛絨絨，要他趕緊清醒一點。沒發現自己要被抓了嗎！

然而黑琅的焦躁完全沒傳達給毛絨絨。

毛絨絨正深陷莫大的幸福當中，和平胸美少女有著親密接觸是他一直以來的夢想。即使他沒有過去的記憶，但他相信過去的自己一定也是堅定地朝著這個夢想前進。

如今美夢終於成真，他陶醉地用腦袋蹭著在他眼中自帶聖光的這塊區域，絲毫沒有發現陰影正急遽靠近。

下一瞬間，兩隻收攏的手掌將毛絨絨一把抓住了。

「喵！」白痴！

黑琅用腳掌拍了一下地，貓臉上出現了恨鐵不成鋼的表情。

花宓沒注意到一邊的黑貓露出了人性化的情緒，她興奮地捧著這隻毫不抵抗的小白鳥，想著該把他放在哪裡才好。

一路都用手捧著的話，萬一不小心手一鬆，這麼可愛的小鳥就飛走了該怎麼辦？

花宓忽然靈光一閃，她謹慎地將左手手指收得更緊，確保那顆白糰子沒辦法掙脫，空出的另一隻手趕緊把制服上的口袋拉開。

再用最快的速度，把小鳥一塞，手掌蓋在上面。

平白獲得這麼一隻又軟又萌的小鳥，花宓連逛街的心思都沒有了，她現在只想趕快回家把小鳥關在籠子裡，讓他成爲自己的寵物。

全程毛絨絨都沒意識到自己身上發生了什麼事，依舊被貧乳的魅力迷得暈頭轉向。

這隻蠢到沒邊的醜鳥！

黑琅在心裡暗罵一聲，還是邁開四肢追著那名黃髮少女而去。

他看毛絨絨不順眼，但也不能讓自己的玩具兼糧食被別人帶走，更不用說那隻鳥只有他和毛茅能夠欺負而已！

要隱藏自己的行蹤，對黑琅不是難事。

他對這種事非常地得心應手，畢竟他可是要小心其他愚蠢的人類覬覦他的美貌，把他偷抱回家。

開什麼玩笑，他的鏟屎官只准毛茅一個人當！

黑琅輕巧無聲地緊追在花宓身後，路邊的車子、住屋的圍牆全都成爲了他的道路。

他追著花宓一路來到了一幢公寓。

花宓一心只想著快點回到家裡，她摀緊口袋，就怕那隻溫馴得不可思議的小鳥突地掙脫飛出，以至於忽略了腳下的動靜。

等她按了居住樓層的數字鍵，電梯門緩緩關上的時候，她才終於發現到——

電梯裡竟然有隻貓，還是之前那隻欺負小白鳥的貓。

「我的天，你是怎麼進來的？」花宓吃驚地問，「你有項圈，你家主人也是住在這嗎？我先聲明，你可不能再欺負我家的鳥了。」

黑琅保持安靜，假裝自己是一隻普通貓。

花宓也只是自言自語，一隻貓怎麼可能會聽懂她的問話？

伴隨著「叮」的一聲，來到目標樓層的電梯緩緩打開了門。

花宓從裡頭走出，看見那隻大胖黑貓也踩著優雅的步子踏出了電梯。她記掛著口袋裡的小鳥，沒再多理會那隻貓是要往哪邊走，三步併作兩步地來到了家門口。

還沒等花宓摸出大門鑰匙，就聽見門鎖從裡面被開啓的聲音。

從花家走出來的，是一名身形高大挺拔的藍髮青年。

「海……海冬青學長？」花宓吃了一驚。

躲在牆角後的黑琅也驚訝地看著那人，沒料到會在這裡瞧見以前總圍著自己轉，「琅哥、琅哥」叫個不停的海冬青。

「小宓妳回來啦。」聽見聲音的花媽媽從屋內探出頭，「冬青是幫他媽媽拿東西給我。」

「原、原來是這樣啊……」花宓結巴地說，海冬青給她的壓迫感一直很強烈，即便對方除了是自己學長還是附近鄰居，她仍是不太敢和對方搭話。

擠出一抹稍嫌僵硬的笑容，花宓繞過海冬青，腳步加快地往屋子裡走。

黑琅眼一瞇，就是現在！

躲在牆角後的黑貓迅雷不及掩耳地衝了出去，抓準大門還敞開的絕佳時機，就要竄入花宓家裡。

然後，他就能叼回那隻還沉溺在美夢的智障鳥了。

但是想像是美好的，現實是打擊貓心的。

只差一點，黑琅就能閃進門縫裡了——卻被一雙手臂猝不及防地進行攔截。

黑琅壓根還沒反應過來，整隻貓就讓人凌空抱起。

喵喵喵？發生什麼事了？

黑琅大驚，一發現自己竟是被海冬青抱住，反射性就想掙扎。然而對方禁錮的力道意外地大，一雙鐵臂像是怎樣也無法撼動。

「哎？怎麼會有貓跑到這裡來？」花宓母親訝異地看著海冬青懷中的黑貓，「還養得挺好的，真胖啊。」

「喵喵喵喵！」誰胖？妳才胖！妳全家都是胖子！

想當然耳，現場沒人能聽懂黑琅的貓語。

金眼睛、繫著紅項圈的大胖黑貓太有辨識度，海冬青一看就認出這是毛茅養的貓，否則他也不會迅速抱起對方。

「我的貓。」覺得解釋太麻煩，海冬青挑選了最簡單的話語，「偷跑出來了。」

「喵！」朕才不是你的貓，別妄想當朕的鏟屎官！你只能繼續乖乖當朕的小弟！

「原來是冬青你的貓啊……」花宓母親將那聲喵叫認定是寵物對主人的回應，「阿姨都不曉得你有養……」

「媽！媽！我們家之前養小鳥的籠子，妳把它收到哪去了？」花宓的喊聲從屋內傳出。

「不是收在後面的櫃子裡嗎？」

「就是沒有才問妳的嘛！」

「算了算了，我來找吧……妳不要把家裡弄得亂七八糟的。」

「阿姨，我先回去了。」海冬青抱著黑琅往電梯走，那沉甸甸的重量對他來說好像算不上任何負擔。

黑琅放棄掙扎了。一來是掙不開；二來這也算是自己的小弟，小弟本就該好好地服侍他，就勉爲其難地讓對方多抱自己一下吧。

反正毛絨絨的位置也確定下來了，之後有得是機會去拯救那隻被美色耽誤的蠢鳥。

毛茅接到海冬青電話的時候，人還在外面。

旁邊還有陶渺渺和黑梟。

原本毛茅在滿足了自己的好奇心之後，是打算直接回家的，這禮拜的晚餐由他負責。

但是陶渺渺硬是又加價留下了黑梟，而黑梟則是以自己需要增加運氣的東西留下了毛茅。

條件交換是五包洋芋片，加一隻手縫的冥王星寶寶，由黑梟親手縫製。

「學姊我可以只要前面那個嗎？」毛茅真心地說，「我對冥王星寶寶沒什麼愛好的。」

尤其是恐怖版本——這句話毛茅沒有說出來。

黑梟默不作聲地睨了紫髮男孩一眼，又將目光放回自己的灰星星布偶上，那雙淡灰色的眼睛裡滿滿是對它的憐愛。

撥弄了幾下灰星星，黑梟再度看向毛茅，眼神盛著憐憫，「居然不懂它的美好。」

「我的愛都放在洋芋片和……書身上嘛。」毛茅及時地將「小黃書」三個字改過，「學姊妳可以和木學姊多多交流啊，木學姊還想找妳組冥王星寶寶同盟呢。」

黑梟色素淺淡的眼睛霍地睜大，細若蚊蚋的聲音似乎也拔高了一個小音階，「花梨學姊真的這麼說過？」

「用我家大毛自豪的肉發誓，沒騙妳。」毛茅笑嘻嘻地說，「木學姊很高興能有冥王星寶寶的同好呢。」

「那……」黑梟小小聲地徵詢意見，細淡的眉毛甚至不自覺地擰起，彷彿正面對著人生大問題，「組同盟要不要先給禮物？我縫東西慢，你覺得我先把這隻小灰送給花梨學姊如何？」

「我覺得呢……」毛茅決定溫婉一點地勸阻，「木學姊會喜歡更可愛型的。」所以黑梟學姊，妳千萬不要把那隻恐怖片裡才會出現的玩偶送出去啊！

「我知道啊。」黑梟竟是放鬆眉頭，嘴角勾起不明顯的笑意，在昏黃的陽光下流洩出陰森森的味道，「所以我做的這隻小灰完全符合要求。」

黑梟的表情絲毫不像在開玩笑。

毛茅摸摸鼻尖。好吧，他總算知道黑梟學姊的審美觀異於常人了。

「黑梟、毛茅，你們快點啦！時間不多，我們還要去好幾個地方確認呢！」見兩人還杵在原地不動，陶渺渺連聲催促。

就是在這一刻，海冬青的電話打過來了。

看到「海冬青」三字，毛茅直覺認爲對方又是來打探琅哥歸來的日期。他接起手機，一邊跟著兩名女孩子走。

「嗨，小青。」毛茅愉快地和另一端打著招呼。

可傳入他耳中的是一連串焦慮的喵喵叫。

毛茅狐疑地挑起眉，將手機稍微拿遠一些，螢幕上顯示的是「海冬青」三個字沒錯。

他又將手機貼回耳邊，「哈囉，小青，你在學貓叫嗎？這是你的新嗜好嗎？」

回應紫髮男孩的不再是喵叫，而是暴躁的「嚇！嚇！」了。

毛茅聽過這聲音，他家大毛氣到發飆時就是這種叫聲。

「大毛？」毛茅試探地問了一聲。

這兩個字瞬間平撫了另一端的惱火，嚇嚇叫重新變回喵喵叫，接著又換成了另一道人聲。

「毛茅。」海冬青低沉的聲音逸出，「你的貓跑到我們家附近了，我先把他帶回去了。你要過來接嗎？還是我送到你家去？」

不爽的貓叫聲在旁邊不斷地彰顯存在感。

「喵喵喵！」

「喵喵喵喵！」

「喵喵！」

「喵！」

「毛茅，你知道你家的貓在表達什麼嗎？」海冬青問。

「喔。」毛茅發揮睜眼說瞎話的功力，「大毛很喜歡你啊，小青，他想在你那邊多待一會。就麻煩你幫我照顧他一下了，晚點我再過去接他。這段時間裡別客氣，大毛隨你擼，擼好擼滿擼到爽。」

「嚇──」屬於黑貓專有的威嚇叫聲又出現了。

毛茅對此選擇充耳不聞，「小青你聽，大毛也同意我的話呢。我有事要處理，先掛掉囉，掰掰。」

裝作沒聽見最後變得暴躁萬分的貓叫聲，毛茅毫不心虛地就將自家胖貓給賣了。

嗯，反正小青之後知道眞相肯定會感謝他的。

將手機收起，毛茅加快步伐，追上了前面的女孩們。

陶渺渺正在唸唸有辭，「雛菊、綠色……這兩個線索組合起來，指的是眞正的雛菊吧？所以是指我去過的有開雛菊的地方嗎？好像還不少耶。黑梟，妳覺得我要先去哪一個啊？」

「不知道，自己挑。」黑梟回應冷淡，「六點半前我要回家，《冥王星寶寶》那時播。」

「啊？冥王星寶寶？那是什麼東西啊？」陶渺渺聽都沒聽過，「欸，毛茅，你認爲呢？」

「先找近一點的吧。」毛茅給出了意見。

「近一點的、近一點的……」陶渺渺拿出手機，翻起自己IG上的照片，回憶著這一個月內去過哪些開了雛菊的地方。

驀然間，她眼睛一亮，手指尖往某一張照片一點，拍板定案地喊：

「就從這裡開始！」

第六章

看著海冬青將結束通訊的手機擱在書桌上，蹲立在旁邊的黑琅簡直要氣死了。

笨蛋、笨蛋、笨蛋！

毛茅是笨蛋鏟屎官！

黑琅的尾巴忿忿地甩動幾下，剛剛他的喵叫聲明明淺顯易懂、感情豐富，還充滿著情緒上的轉折。

但是！

他家的鏟屎官居然完全沒有接收到正確的電波！喵啊啊啊啊嗷嗷嗷嗷！

氣死貓了！

黑琅惱怒地用腳掌連拍桌面，發洩著心中的不滿，重新回想起自己不久前那一串感情真摯的呼喚。

「喵喵喵！」毛茅，我們的儲備糧食被帶走了！

「喵喵喵喵！」還是那隻傻白甜鳥自動送上門的！

「喵喵！」對方還是和海冬青同學校的！

「喵！」是個雌性！

溫習完畢的黑琅非常確定，自己的表達方式一點毛病都沒有。有毛病的是……捨不得怪罪自家鏟屎官，黑琅果斷地把過錯推到了傻得被人抓回家養的毛絨絨身上。

「大毛，你還記得我嗎？你怎麼會跑到花宓他們家去？」換下一身制服的海冬青對黑琅試探性地伸出手，不確定這隻以前就見過多次的胖黑貓對自己是否還有印象。

黑琅看著眼前的大個子面無表情地求自己臨幸，他從鼻子裡發出哼氣，還是看在對方是他小弟的份上，態度倨傲地舉起了一隻貓爪爪，把自己黑色又充滿彈性的肉墊放在海冬青的掌心上。

他覺得海冬青估計會欣喜若狂，畢竟有誰能抵擋得了他貓陛下肉球的強大魅力？就連毛茅直屬的那隻白烏鴉都拜倒在他的腳下。

可藍髮青年只是握了一下就直接鬆開來，竟然對珍貴的貓肉球毫不留戀。

這讓黑琅頓覺沒面子。他沉下一張貓臉，決定用屁股對著海冬青，讓他領會一下貓陛下的冷漠。

然而海冬青壓根就沒注意到黑琅特意轉了個方向，在他粗略掃視下，那坨黑漆漆都是一樣飽滿有肉，還真分不出屁股和腦袋的差別。

自顧自地拾起換下的制服，扔到了半滿的洗衣籃裡，海冬青抱著籃子走出房間，顯然是打算去洗衣服了。

怕黑琅趁機亂跑，他沒忘記將房門完全地關上，沒留下一絲縫隙。

關門聲讓黑琅猛地回過神來，看著只剩他一貓的房間，他簡直不敢相信。

刁民，竟然放朕一貓！良心呢？

喵的，肯定被鳥啃了！

不爽的情緒突然暴增，黑琅才不想在這裡待到等毛茅來接。憑他一己之力，要溜出去是再簡單不過的事。

主意打定，黑琅飛快跳至地面，房門對他來說一點也構不成阻礙。

只是黑琅才剛立起身子、準備開門的時候，門先開了。

海冬青感覺門板好像撞到什麼，隨即又聽見重物倒地的音響。他訝異地探頭一看，發現地板上赫然多了一灘好大的黑色貓餅。

海冬青愣了一、兩秒就反應過來，恐怕是貓剛好在門後，他一開門才把貓撞倒。

海冬青蹲下來，手指戳了戳黑琅。見那雙金眸還能凶巴巴地怒瞪自己，就知道對方沒什麼大礙。他站起來，不再多加關注，去忙自己的事了。

黑琅暴躁極了，他懷疑他跟這個海冬青就是犯沖。

要衝進那名綁鳥犯的家，被海冬青中途攔截！

要離開這個看起來硬邦邦、冷冰冰的房間，還是被海冬青中途攔截！

要不是不想在海冬青面前暴露身分，黑琅早就亮出爪子，指著那過分高挺的鼻子大罵了。

一股氣憋在心頭的黑琅還想著要怎麼給海冬青找麻煩，已被貓狠狠記恨的海冬青卻忽然主動打破室內的安靜。

「大毛來。」海冬青坐在床邊，朝黑琅招了招手，腿上還放著一本攤開的簿子。

就算維持著攤平的姿勢，黑琅還是有辦法用狂霸酷炫跩的眼神斜睨著海冬青。

你叫朕過去朕就過去，那豈不是顯得朕很沒面子？

海冬青舉起相簿，「有你主人的照片，要看嗎？」

本來還堅決海冬青不過來扶，就絕不起身的黑琅剎那間敏捷無比地翻身跳起，幾個起落就成功攻佔上海冬青的床鋪。

「喵！」黑琅霸氣地拍拍海冬青的手臂，要他趕緊翻相片給他看。

但看著看著，黑琅就覺得……這海冬青分明在騙貓吧！

毛茅的照片的確有，但更多的是當時年紀小、外表像個病弱美少女的海冬青與黑髮褐膚男人的合照，以及更多更多的那名男人的獨照。

黑琅又怎麼會認不出來那男人是誰，就是人形版的自己。

他都不知道海冬青當年居然拍了他這麼多照片。

「喵。」看樣子你果然很崇拜朕。

「這是你的主人。」海冬青指著照片裡的人向黑琅介紹，「這是以前的我，這是琅哥。」

「喵喵。」朕還是承認你這個小弟好了。

海冬青不是個喜歡說話的人，可面對的是隻貓，平常放在心裡的話似乎很容易就說出口。

「你常見到琅哥嗎？」海冬青像在問著黑琅，但更像是在自言自語，聽著黑琅懶洋洋的喵叫，他把這認定是時常，「好幾年沒見了，不知道琅哥還記不記得我？」

「喵。」你長太大隻了，差點認不出。

「你覺得記得嗎？那就好。我以前身體很不好，有次碰巧在外面險些出意外，就是琅哥幫了我。」

黑琅的兩隻前掌交疊一起，擺出一副人面獅身像的姿勢。他睇了海冬青一眼，示意對方繼續說。

「琅哥就像英雄一樣出現在我面前，那時候我真的覺得他像在發光。」海冬青的語氣絲毫沒了平時的冷硬，素來無波的碧色眸子也亮起了光采。

「喵。」朕也覺得朕的美貌在發光。

黑琅一邊附和著海冬青對自己的讚美，一邊從記憶裡拉扒出自己和這個後來不知是嗑了什麼才長過頭的小子相遇的畫面。

那時候毛茅還更小隻一點，凌霄就是個派不上用場的，除了會迷路跟當兒控外，黑琅眞不曉他還能做什麼用。

所以家裡買菜煮飯都是由黑琅一手打理。

那天就是他外出買菜，碰到下雨。貓最討厭下雨了，濕答答的，就算變成人，那種不舒服的感覺還是滲到了骨子裡。

要不是顧忌著路上隨時可能會有人出現，黑琅還眞想讓自己的貓耳朵冒出來，可以好好地甩動一下。

他和海冬青就是在雨快停的時候遇見的。

看起來只比毛茅高一點，但瘦到像會被風吹走的長頭髮女孩子——那時他還不知道對方的性別原來是男——碰上了變態。

時間過得久了，黑琅現在已經想不太起來變態長怎樣，好像拿著斧頭、穿著紅雨鞋，正打算傷害人。

黑琅不是什麼見義勇爲的人（貓），但也不是會眼睜睜看著小朋友有危險袖手旁觀的人。

而且，他們就擋在他去超市的路上。

不耐煩又暴躁的黑琅直接一腳踹翻了那個變態，順便單手拎起那個小可憐，先挾帶去超市，再送對方回家，然後就發現原來這一位還是他們家隔壁的鄰居。

小可憐變成了小鄰居。

又變成了小迷弟。

小迷弟又在他不知情的情況下，身高從150飆到了近190。

這是打了生長激素不成嗎？

黑琅莫名感到有絲滄桑地結束了回憶。他整隻貓趴下來，有一下沒一下地晃著尾巴，聽著身邊的藍髮青年繼續講述他認識的琅哥的種種優點。

換作其他人聽見有人這樣變著各種方式誇獎自己，估計都會聽得臉紅了，但黑琅不會。

黑琅對於實話向來是坦蕩接受的。

他就是這樣一隻不做作的好貓。

一人說一貓聽，不知不覺就到了毛茅找上門的時間了。

看在海冬青誇了自己那麼多的份上，黑琅紆尊降貴地讓對方抱起自己，這可不是誰都能有的榮幸。

藍髮青年抱著大黑貓走出來的這一幕落到了毛茅的眼裡，他吹了一聲口哨，「不錯呢，小青，大毛平常不隨便讓人抱的。」

黑琅傲慢地扭過頭，他這是看在海冬青是他小弟的份上。

「大毛很乖。」海冬青將貓交給了毛茅，照慣例又問了一句，「琅哥還沒回來嗎？」

「咳嗯。」毛茅努力憋住笑，「快了快了，再過幾天，到時一定第一個通知小青你的。」

身姿挺拔、外貌冷肅的青年放柔了臉部線條，那雙深碧的眼裡像有水波和光揉合在一起。讓毛茅來說的話，就是閃閃發亮。

與海冬青告別後，毛茅任憑黑琅在他身上攀爬，直到掛在他的肩頭上才終於安分下來。

「怎樣啊，你哪時候要告訴小青，你就是他的琅哥？」毛茅撓著黑琅的下巴。

「再看看吧，解釋麻煩死了，朕討厭麻煩事。」黑琅打了一個呵欠，露出尖利的牙齒，「你是跑哪去了？居然到現在才過來接朕？朕警告過多少次了，野貓哪有家貓好。」

黑琅的碎碎唸一發不可收拾。

毛茅態度良好地附和著，然後就讓那些抱怨從左耳進右耳出，不在腦袋裡留下任何痕跡。

黑琅的叨唸到家門前才終於停下，他催促著毛茅快點開門，他要進去裡面喝水。

毛茅站在大門前，手裡拿著鑰匙，卻遲遲沒插進鑰匙孔內。

「毛茅？」

「唔，我總覺得是不是忘了什麼？」

「手機、錢包，還有朕，有哪個漏下嗎？」

「都沒有，我再想想看。對了，大毛，所以你怎麼會跑到小青那邊去的？」

「朕只是剛好……嗯？等等。」

黑琅的話聲驟頓，毛茅轉動門把的動作亦停下。

他們霍然意識到自己忘了什麼了。

啊，毛絨絨！

「啾嗚嗚嗚……」

突來的鳥叫聲讓陶渺渺嚇了一跳，那聲音晚上聽起來讓人感到格外哀怨，她的雞皮疙瘩都忍不住排排站立起來了。

「這什麼鳥啊？叫得像哭一樣……」陶渺渺嘀咕著加快腳步，想趕緊回家好好休息一下。

今天跑了好多開著雛菊的地方，然而黑梟卻是次次搖頭，說她沒感覺到什麼。

不是那裡、那裡，也不是那裡，到底還有什麼地方是跟雛菊有關，又是自己這個月內曾經去過的？

陶渺渺一時間真的是想不起來了，偏偏夜色已暗，也不可能再拖著黑梟和毛茅繼續陪自己找下去。

最後只能再和黑梟另約時間，暫時先結束今天的尋找。

「討厭……」陶渺渺唉聲嘆氣著，「到底是什麼原因讓我那麼倒楣的啦……」

吐出的問句在四下無人的夜晚街道上，自然是不會有誰給出回應。

壓下煩悶的心情，陶渺渺決定想點愉快的。例如她還是得到了一隻可愛的花圈小貓，還拍了不少照片。

等回家洗完澡後，再來慢慢挑選和修圖吧，看哪張最適合傳上IG，能獲得多一點的愛心。

這個念頭讓陶渺渺頓生不少動力，想到之後能得到的愛心和留言，她忍不住傻樂起來。

就在這瞬間，什麼東西破裂的音響進入了她的耳中。

「哇啊！」陶渺渺眞的被嚇到了，雙肩一縮，反射性扭頭朝聲音傳出的方向看過去。

這一看，讓她吃驚地張著嘴。

居然是一盞路燈的燈罩碎了。

大小不一的碎片砸落在地面上，在燈光照耀下反射著亮光，遠遠看像寶石一般。

「不會是偷工減料吧？」陶渺渺皺皺鼻子，沒了探詢的興趣，轉身就走。

可是才走沒幾步。

又是「啪哩」的清脆聲響。

陶渺渺回過頭，愕然發現又一盞路燈的燈罩碎了。

接著失去燈罩的路燈閃了閃，竟是無預警地暗下。

這條路本就只有三盞路燈，現在頭尾都被昏暗籠罩，只剩中間一段還稱得上明亮。

「只、只是剛好吧……」陶渺渺想要說服自己，但從心底竄上的不安感怎樣也揮之不去，反而越漸茁壯。

陶渺渺果斷地轉頭，大步流星地往前走。

過了這條路，就會經過一座小公園，那邊晚上時常有人散步或慢跑。

不管如何，只要有其他人，就能讓陶渺渺感到安心許多。

沒想到就在下一秒，連僅剩的一盞路燈也倏然失去光芒，大片暗色吞噬了這條道路。

陶渺渺幾乎要驚叫出聲。

她摀著嘴，眼睛瞪得極大，戰戰兢兢地扭過頭，難以相信所有路燈說破就破、說暗就暗。

她默唸「肯定是偷工減料、肯定是偷工減料」，可腳下的步子頓時從三步併作兩步，成了小跑步。

陶渺渺不是常常運動的人，就算只是小跑一段，也能讓她喘得上氣不接下氣。

小公園都還沒進入視野中，她就喘得不得不停下來。

她隨手扶在一輛停在路邊的車上，急促地呼吸著，耳邊是自己心臟猛烈的跳動聲，她懷疑下一秒心臟說不定就會從她嘴巴裡跳出來了。

好不容易等到稍稍緩和一些，耳邊也不再盡是怦咚怦咚的聲響，陶渺渺站直身體。

接著，她聽見心跳聲以外的聲音。

起初只是單純地意識到有聲音出現。

過了一會，才覺得那聽起來像某種鋒銳的東西刮著地面，令人忍不住牙酸。

究竟像什麼呢？對，是像金屬……

可是在這種時候，誰會那麼無聊拖著金屬在路上走，還刮出那麼嚇人的聲音？

這個疑問剛冒出頭，陶渺渺就無法控制地回想起今天傍晚從花宓那收到的圖片。

斧頭殺人魔。

這五個字浮上腦海，陶渺渺的一張臉不禁白了。

不、不可能吧？那不是網路謠言嗎？陶渺渺努力安慰自己，她想著只要轉過頭，看清楚後面究竟是什麼光景，就能消除心裡的害怕。

她吞了一口口水，用力掐下大腿，接著強迫自己轉過頭。

路口不知何時飄起了淡淡的霧氣，可還是能看見大致輪廓。

就在第一盞路燈附近，一抹看不清相貌的人影緩緩地往前走。不過從體型還是能判斷出，那應該是名女性。

照理說，現在這情況下看到女性比較能讓人放下心防，不再那麼緊張。然而陶渺渺卻覺得自己的心臟突然猛力收緊，寒意注入了她的血管。

因為那個女人的手上，赫然提著一把大斧頭！

女人握著長長的斧柄，斧刃隨著她的走動刮割著地面，帶出尖銳的細細音響。

除此之外，還有另一個聲音。

喀喀喀。

是鞋跟敲擊地面發出的。

陶渺渺全身僵硬，冷汗涔涔。她很想告訴自己那才不是什麼斧頭殺人魔，只不過是剛好有人拿著斧頭在路上走。

……誰會無緣無故拿著斧頭在外面走啊！

恐懼滿溢到了極點，陶渺渺尖叫一聲，只記得一件事——

快跑！

陶渺渺這一動，後方的身影也驟然加快了速度。她可以清楚聽見「喀喀喀」的聲音急促地傳來，有如最恐怖的索命樂曲。

騙人的吧？騙人的吧？自己已經倒楣到這種程度了嗎？只是在路上走，也會碰上傳聞中的斧頭殺人魔⁉

陶渺渺怕得想哭，眼眶迅速紅了一圈。她拿出吃奶的力氣，拚命往前狂奔，還不忘扯開喉嚨呼救。

「救命！救命啊！有殺人魔出現了！」

然而周遭一點動靜也沒有。

陶渺渺忽然想到碰上危險時，最好的求助台詞應該是——

「失火了！救命，失火了啊！快來人啊，這裡失火了！」

但回應陶渺渺的仍舊是一片死寂。

陶渺渺不曉得這是怎麼回事，是附近的住戶剛好都沒人在家嗎？她又急又懼，兩條腿痠軟得像隨時都會站不住，偏偏手機在這緊要的一刻竟然沒了訊號。

驀地，她眼睛一亮，像渴極的旅人見到了救命綠洲。

小公園就在前面了！

那裡肯定會有人的，她可以向他們求救！

陶渺渺霎時又有了力氣往前衝，她拔腿狂奔向小公園，映入她眼中的卻是空無一人。

以往晚間有不少人運動的公園，此刻一片冷清，氤氳的霧氣不知不覺中凝聚起來，模糊了景象。

陶渺渺的心有如沉入冰窖，令她手腳發冷。

鞋跟敲擊聲逐漸接近，再過不久就會來到公園。

陶渺渺沒自信再跑下去了，她感覺肺部因剛剛的急速奔跑變得像火在燒，連呼吸也染得灼燙。

怎麼辦？現在該怎麼辦才好？她驚慌無措地想。

就在這時，小公園內的路燈冷不防也成了一片黑。沒了光源照明，滿布綠植和淡霧的空間登時多了一股陰森。

驟來的黑暗讓陶渺渺險些又嚇得叫出聲，還好她及時伸手摀住了嘴巴，同時想到自己可以趁機找地方躲起來。

沒了燈光又有霧氣遮掩，那個斧頭殺人魔就更難發現自己了。

好在小公園旁邊就停著不少車輛，陶渺渺立刻快步衝去，躲在一台小貨車旁。

她縮著身體，摀著嘴的手不敢放下。就怕一不小心又發出聲音，引來對方的注意。

很快地，斧頭刮地的聲音和鞋跟踩地的聲音近在不遠處。

陶渺渺小心翼翼地趴下來，藉由車子底盤和路面的空隙，窺視著另一邊的動靜。

一雙紅得像血的鞋子出現在陶渺渺的視線中。

穿著那雙紅鞋子的腳又細又白，而且走起路來不像一般人是規律地踏著步子往前，反倒是前進後退、左點右點。

再來一個小迴圈。

喀噠、喀噠。

伴隨著輕快的敲擊音，簡直就像在跳著舞似的。

陶渺渺看得呆了，她沒想到斧頭殺人魔除了是個女的之外，原來還是個神經病！否則誰會邊提著斧頭邊跳舞？

陶渺渺忍不住拿出了手機，利用單手點開了錄影模式，拍了一小會那雙腳跳舞的樣子。

一發現那雙紅鞋子離自己躲藏的車子越來越近，她急忙收起手機，重新坐直身體，整個人努力地蜷縮在輪胎後面。

噠噠噠、喀噠。

紅舞鞋在跳舞。

喀噠、喀噠。

紅舞鞋踏地的聲音從左邊漸漸移向了右邊，然後越離越遠、越離越遠……消失在陶渺渺耳邊。

確定外邊眞的恢復一片安靜，陶渺渺這才鬆開手，發現自己已經滿身大汗。她吐出一大口氣，不敢相信自己今晚居然眞遇上了斧頭殺人魔。

也幸好對方根本沒想過要檢查車子後面是不是躲著人，就直接走了。

「天啊，嚇死我了……」陶渺渺站起身，覺得自己的兩條腿還是軟的，她扶著車子一步步往外走。

小公園的路燈不知何時恢復了明亮。

霧氣還沒完全散逸。

道路上確實一個人影也沒有。

陶渺渺這下總算懂得什麼叫作劫後餘生了。她拍拍胸口，想著等等一定要上網去跟人講這段經歷。她低下頭，點開剛才拍攝的影片。

或許是因爲緊張，影片有些晃，畫面也糊糊的，但還是能看出有人穿著紅鞋子在跳舞。沒有捕捉到斧頭的影像。

陶渺渺不免感到喪氣，只憑這樣的影片，不會有人相信她碰上傳聞中的斧頭殺人魔，反倒可能引來一陣嘲笑。

喀噠、噠噠噠。

影片裡的紅舞鞋還在跳躍。

影片外，陶渺渺握著手機的手指在發抖。

聲音竟同時從手機內與她的身後傳來。

不不不，這怎麼可能？她明明確定沒有其他人在了啊！陶渺渺抖得幾乎抓不住手機，猛地將切成自拍錄影模式的手機往上一舉。

在她背後，出現了一抹人影。

陶渺渺反射性轉過頭，駭恐瞬間扭曲了她的臉，讓那張甜美的臉蛋褪去所有血色。

她驚懼地想要逃跑，可雙腳卻不受控制地絆在一起，讓她重重跌坐在地，手機從她的手中滑了出去。

螢幕裡，穿著紅鞋子，一頭長髮鮮紅似血的蒼白少女高舉起斧頭——

朝著陶渺渺暴露在褲子外的那截纖白腳踝揮劈下去。

鋒利的斧刃閃爍著森寒的冷光。

陶渺渺用力閉上眼，極端的恐懼讓尖叫卡在她的喉嚨中，就連胃也跟著絞緊成一團。

但是預期中的嚇人劇痛遲遲沒有降臨。

陶渺渺飛快地再睜開眼，撞入眼中的是冷清的夜色，路上杳無人跡。

「見、見鬼了……」雙馬尾少女喃喃地說，她大力捏了下自己的臉頰，疼得她叫了出來。會痛就不是在作夢。

但、但是，普通人有可能跑得那麼快嗎？有可能突然這樣消失又出現又消失嗎？

雖然抱持著滿腔疑問，但陶渺渺說什麼都不願意在這個地方多待一秒。她撿起手機，以最快速度跑到有人的地方。

看著車輛絡繹不絕地在馬路上呼嘯而過，四周是來往的人群，陶渺渺從來沒有如此懷念過這平時看膩的景象。

一直懸吊的心，這一次徹底放了下來。

隨便找了間超商進去坐，陶渺渺點開手機，發現自己沒察覺的時候多錄了一小段影片。

她愣了愣，旋即想到自己方才在確認後方是否有人時，確實開了錄影模式。她忙不迭點開影片，想要再仔細看清楚攻擊她的人的面貌。

出乎意料地，影片裡是一片漆黑。

「眞……眞的見鬼了嗎？」陶渺渺不敢置信地瞪圓眼。她確定自己開了錄影，那時螢幕裡也出現了那名紅頭髮的女孩子，怎麼現在……都沒了？

她連忙再點開更早拍的另一段影片，只有紅鞋子入鏡的影片就很正常。

整個晚上大起大落的心情，讓陶渺渺毫不猶豫打電話找人傾訴。

「喂喂，花宓……」

當擱在手邊的手機跳出來電通知，花宓才剛結束又一輪的拍攝。

拍攝對象則是她今天帶回家的超萌雪球鳥。

一直安安靜靜跟著她回家的小鳥，在被她繫了腳鍊、關進籠子後，突地僵直了身子，隨後不安分地撲騰著翅膀，在鳥籠裡製造出一串聲響。

花宓被吵得有些煩了，當下板起臉威脅，「再吵之後就不帶你出門玩了。」

似乎是聽懂威脅，或是感受到黃髮少女的不高興，像白色大福的小鳥登時又安靜下來。

花宓立刻笑逐顏開，拿著之前新買的相機，對著籠內的鳥兒各種角度地抓拍。

拍完後便傳進電腦，再進行繁複的修圖和濾鏡疊加。

不是花宓自誇，她修出來的照片和原始照片比起來，雖說不至於是天與地的差別，但馬上美了數倍，隨便一張都能拿出去當明信片使用。

修好的小鳥照片剛上傳不久，花宓IG上的粉絲紛紛留言讚美，愛心數更是迅速從零爬升到快破千。

不僅如此，花宓在照片底下加的成串標籤也吸引了不少新粉絲。

看到通知數字變得越來越多，花宓的眼睛都亮了起來。

「太棒了，小雪球！」花宓跑到鳥籠邊，喊著她為小鳥取的新名字，開心地展示著手機頁面，「你簡直是我的幸運鳥，你看，大家都好喜歡你呢！」

被迫有了新名字的毛絨絨轉過頭，看見自己的照片出現在手機上，不禁洋洋得意起來，他的美貌果然是三百六十五度沒死角。

但得意過後，毛絨絨又垂頭喪氣了。

倘若不是被美色誘惑，他怎麼會傻傻地跟著不認識的女孩子回家，還被人關在鳥籠裡，腳上更被繫了一條腳鍊？

毛絨絨不是沒想過趁這個叫花宓的少女沒注意，啄斷腳鍊破壞籠子離去。

可他又深怕自己做出這些舉動會惹來什麼麻煩，萬一被人抽絲剝繭地發現他原來不是一隻普通鳥，一定會被送到實驗室解剖的！

濃濃的焦慮讓毛絨絨不停地在籠內掙動，直到他聽見花宓的威脅，才安分下來。

他不想錯過出門的機會。

而花宓接下來的自言自語，更是讓他浮動的一顆心找到了落腳處。

「小雪球，我帶你回家的時候，那隻欺負你的貓也跟過來了，還會搭電梯呢，你說神不神奇？那隻黑貓眞的胖得挺驚人的，一副營養過剩的感覺，臉還很傲慢，但似乎聽得懂人話。」

就毛絨絨所知，會坐電梯、會聽人話、會欺負自己，還對自身的胖引以爲傲的黑貓，只有一隻。

黑琅。

知道黑琅有追過來，並記下自己的位置，毛絨絨鬆了一口氣，起碼不用擔心自己成了失蹤鳥口了。

放鬆後的毛絨絨大方地讓花宓繼續拍照。

陶渺渺的電話就是在這時候打過來的。

將相機隨手一放，花宓接起了手機，「怎麼了，渺渺？找到不倒楣的方法了？」

「不是、不是……」陶渺渺在另一邊急促地說。

「發生什麼事了嗎？」從對方慌亂的語氣嗅出了不對勁，花宓連忙追問道。

「我我我……花宓妳一定不會相信的，斧頭殺人魔……是眞的存在的！」

「咦？」

「但是她不是人……那一定是鬼！」

「什麼？」花宓開始懷疑陶渺渺是受到什麼刺激了，才會胡言亂語，「渺渺妳……妳還好吧？」

「我知道妳不會信的，我本來也不信，我先傳影片給妳！」

花宓坐回桌前，打開電腦版的LINE，影片檔很快跳了出來。她點開播放，從角度看是有人趴在地上拍攝。

一雙鮮紅的鞋子立時映入了花宓的眼。

紅鞋子的主人像在跳舞，鞋跟在路面敲擊出響亮的聲音。

影片沒多久就結束。

陶渺渺改在LINE上直接打字。

花宓，妳看到了吧？是紅色的鞋子。雖然我沒拍到其他的，但是她眞的有拿斧頭，她還想攻擊我。她本來想拿斧頭砍我的腳，卻又突然間消失得無影無蹤……人類才不可能做到這種事的！

這的確很奇怪……妳還記得她長怎樣嗎？

花宓心不在焉地又點開影片，這一次她把視窗放大。

下一瞬間，電腦前的黃髮少女猛地將身體往前湊，影片被她按下了暫停。

定格的畫面還是那雙紅鞋子。

花宓握著滑鼠的手指微微顫抖，另一隻手則是緊緊地摀著嘴巴，否則她會忍不住叫出聲。

紅鞋踏上的柏油路面有著奇異的痕跡，不明顯，要不是花宓眼尖，說不定就漏掉了。

重點是，那不是髒污造成的普通痕跡。

那青黑的斑紋，乍看下就像發霉。

花宓放下手，激動地無聲嚷道：我的天、我的天……

陶渺渺以爲那神出鬼沒的斧頭殺人魔是鬼，但花宓很清楚，那是絕對不可能的。

眞正的鬼，只不過是藍白色的發光人形。

陶渺渺碰上的這個——

是魔女。

魔女是除穢者協會給予人形污穢的正式名稱。

她們擁有純粹人形的外貌，甚至可以僞裝成人混在人群中，讓人察覺不出她們的異樣。

她們的力量與智慧，遠遠超過一般污穢。

至今卻無從知曉，她們究竟是因何而變異。

花宓不是除穢者或實習生，但她的父母在榴華分部工作，她也常能聽見一些相關情報。

看著陶渺渺傳來的「紅頭髮、白皮膚、綠眼睛，十五、六歲的女孩子」，花宓越發確定。

這是一名人形污穢。

她馬上回覆了一串文字，要陶渺渺先別把這件事放上網路去說，包括那段影片也別發。

我相信妳說的，不過別人估計不會相信，說不定還以為妳在惡作劇。妳也知道現在鍵盤俠那麼多，萬一他們在網路上攻擊妳怎麼辦？萬一妳IG上的粉絲退粉怎麼辦？

那不行啊！我好不容易才有五千多粉的，再努力點就能追上妳的說！

對吧，妳也不想我們之間的粉絲差距再變大吧？

嗯嗯嗯，那就照小宓妳說的，我先不發上去了，不過到匿名板講一下總行吧？

會被當成編故事喔。

啊，那還是算了……

說服了陶渺渺打消念頭，花宓立刻上網搜尋起斧頭殺人魔。

關鍵字一打上去，果然跳出了一些相關消息，多半是在匿名板或飄板上的經驗分享。

要是放在以前，花宓大概會和其他人一樣，認為這些人編出這樣的故事，只是譁眾取寵，想要吸引別人目光。

可是，現在不同了。

在得知有新的魔女出現，並且幾個特徵都符合最近在網路上謠傳的斧頭殺人魔，花宓迅速就能篩選出那些經驗談中，有哪幾個是和陶渺渺同樣，碰上了非人的存在。

主要事發區域在蜚葉高中與榴華高中之間。

事主都是年輕女孩子，有國中生跟高中生。

事發時間是起霧的晚上。

比較詳細的，還會大致提起自己那一日的穿著。

裙子、七分褲、九分褲……

花宓再調出陶渺渺今天傳上IG的服裝照，視線停在了那一截皓白的腳踝上。

陶渺渺說，斧頭殺人魔想砍我的腳。

花宓的心裡跑出了一個大膽的猜測。

這名還未被協會注意到的魔女，她所找上的目標……會不會都是穿著上有露出腳踝的女孩子？

如果自己也穿著這樣的服裝，會不會就能成功引她出現？

花宓當然不是想消滅魔女，她連契靈都沒有。可是，她想要拍到魔女降臨人世的那一幕。

只要拍到，就能上傳至IG。

就能獲得更多愛心和粉絲。

就能、就能……遠遠地甩掉許多人一大截。

深深吸了一口氣，花宓為自己的計畫感到緊張的同時，也感到一股難以言喻的興奮。

要主動引得魔女現身，安全就是首要的。

所以，必須找到實力強悍的除穢者陪在身邊。

花宓瞬間就有了人選。

——與自己同校，比自己大一屆，又是他們家鄰居的蜚葉除污社社長，海冬青。

假如讓自己去說的話，對方肯定不會答應，但是讓媽媽去說的話呢？

媽媽和學長的母親交情不錯，事成的機率一定很大！

至於要用什麼理由，那還不簡單嗎？

花宓立刻跑出臥室，「媽、媽，能不能幫我一個忙？我們學校有作業，要拍個小影片，我一個女孩子可能會碰到危險……妳幫我問問隔壁阿姨，可不可以請冬青學長當個臨時保鑣啊？我會用我的零用錢當委託費的！」

第七章

毛絨絨不在家的第一天晚上。

差點忘記他沒在家。

毛絨絨不在家的第二天晚上。

毛茅和黑琅總算在思考，要怎麼去把那隻將自己傻傻送上別人家的雪球鳥給帶回家。

一人一貓想到的最省事辦法就是……

好吧，還沒想到。

正感覺靈感要冒出來的剎那，就被乍響的手機鈴聲打壓了回去，連點枝芽都不肯再冒出。

黑琅比毛茅快一步抄起手機，一瞄見跳出的名字是黑梟，他大大咂了一聲。

「又是隻鳥，看在跟朕同姓的份上，勉爲其難地不那麼討厭她。」黑琅也不管手機主人就在旁邊，直接按下了接聽，反正毛茅的東西也是他的東西，「喂，找誰？」

「打誰的電話就是找誰。」對面的聲音小小聲地說。

「行了，大毛，把手機給我吧。」毛茅拿回講電話的權利，「妳好啊，黑梟學姊。」

「你好。」黑梟說，「我再出五包洋芋片，包括新出的爆米花口味，幫我一個忙。」

「沒問題，非常樂意替學姊服務。」毛茅飛快地說，臉上是藏不住的愉快笑容。算上黑梟昨天答應他的，加起來就有十包了。

太棒了！

毛茅熱愛洋芋片，他甚至可以自豪地說，他的血液成分有一半是洋芋片組成，但是帶它們回家也是得花錢的。

就算毛茅如今有養父固定匯來的生活費和他的打工費來支撐各種開銷，可是有免費的當然是更好！

「學姊需要我幫什麼忙呢？」毛茅用著可愛甜蜜的聲音問。

「跟昨天一樣，找雛菊。」黑梟音量細小，不仔細聽很容易忽略，「今天我的幸運色，是紫色和金色。」

「噢！」毛茅恍然大悟，紫色和金色他身上剛好都有，紫頭髮和金眼睛嘛，「所以是現在嗎？」

「嗯，螢葉高中大門左邊的便利商店集合。」黑梟輕飄飄地拋下了地點資訊。

「什麼什麼？那隻黑鳥是跟你說什麼了？快告訴朕！」見毛茅結束通話，黑琅立刻催促道：「不准對朕隱瞞什麼小祕密！」

「放心好了，大毛，對你哪可能有祕密啊。黑梟學姊要我陪她去找東西。」毛茅沒放下他的手機，反而又撥打了一通電話出去，「喂喂，小青嗎？你最近有沒有空，我想跟你打聽一個人，她叫花宓……哎？眞的假的？」

什麼？黑琅用貓掌拍著毛茅，無聲地追問。

毛茅沒理會黑琅，「啊，可惜今天不行，我正巧有事……小青，我能不能拜託你一件事？我待會要出門，本來應該帶著我家大毛的，但是同行的人對貓毛過敏……嗯，能不能讓大毛先跟著你呢？」

黑琅不敢置信地瞪著自家鏟屎官。

「大毛這陣子太皮，獨自放他在家我也不放心……嗯嗯，那就拜託你了喔。」毛茅眼眨也不眨地說著謊話，「我要到蜚葉附近，就直接把他帶給你吧。」

「毛茅，你在鬼扯什麼？誰皮了？」黑琅立刻發洩滿腔不滿，「誰准你隨隨便便把朕丟給小青的！」

「小青說他晚上要陪一個女孩子出門，那個女孩子的媽媽和他媽媽認識，才會拜託到他身上。」毛茅說，「猜猜那個女孩子是誰呢？」

黑琅也不是傻的，轉瞬就猜到答案，「花宓？」

「賓果！就是把毛絨絨帶回家的那個女孩子。」毛茅彈了下手指，「運氣好的話，花宓很可能會帶著毛絨絨一起出來，大毛你就見機行事。」

「那要是運氣不好呢？」黑琅瞇著眼睛。

「唔，只好親自上門說那是我們家的儲備……喔不對，是寵物，請她還給我們了。」毛茅說，「好啦，就這樣決定了。」

「朕什麼都沒說……算了，看在你是朕鏟屎官的面子上。」黑琅從鼻子發出哼氣聲，從沙發跳至地板，「走吧走吧，等帶回那隻蠢鳥，朕一定要好好地欺負他，讓他深刻學到教訓。」

毛茅深感贊同地點點頭。

就說貧乳是邪魔歪道，要是毛絨絨早點跟他一樣踏上巨乳之道，就不會有這次的事了！

「哈啾！」

毛絨絨忍不住打了一個噴嚏，心想一定是毛茅和黑琅在想他了。

他們果然還是愛自己的。

「嗯？小雪球你怎麼了，身體不舒服嗎？」聽見噴嚏聲的花宓轉頭，看著站在她肩膀上的小白鳥。

「啾。」沒有不舒服，要是妳能把我放開就更好了。

花宓自然聽不懂一隻鳥想要表達的意思。見毛絨絨看上去沒什麼異常，她摸摸對方的頭，小跑步地迎上等在前方的挺拔身影。

在自家母親的幫忙下，花宓按照計畫，順利找了海冬青來當自己的暫時保鑣。只不過直接面對那名冷厲的藍髮青年，花宓下意識就覺得束手束腳。

「不、不好意思啊，學長。」她有些拘謹地說，「還麻煩你陪我這一趟。」

「嗯。」海冬青只是回了一個單音，目光落在了花宓肩上的雪球鳥。

花宓一時不曉得該怎麼接話。那個「嗯」是什麼意思？是指他真的感到麻煩，還是指她確實該感到不好意思？

摸不清海冬青的言下之意，花宓也不敢貿然再接話。她發現對方正看著自己的寵物鳥，馬上找到了新的話題。

「這是我新養的寵物鳥，很可愛對不對？學長你也喜歡小鳥嗎？」

「沒有太大興趣。」海冬青平板地說，一句話就將這天聊死了。

花宓被噎得無話可說。她閉上嘴，決定不再試圖和這位學長聊天，根本就聊不下去好嗎！

「等等。」海冬青忽地又開口，「我朋友有貓要託給我照顧，貓等會會一起跟著我們。」

「啊，好、好的。」花宓有些好奇海冬青口中的朋友會是什麼樣子。

然而過了好一會都沒有人出現，反倒是有一隻大胖黑貓慢悠悠地從另一邊踱步過來。

那隻貓的辨識度太高了，花宓一眼就認出是昨天追著小雪球，還跟到公寓的黑貓。

「啾啾啾！啾啾啾！」毛絨絨一看見黑琅即刻興奮地鳴叫著，兩隻小翅膀瘋狂拍動，「啾啾！」

陛下、陛下！是我啊陛下！

毛絨絨激動地飛了起來，甚至忘記自己腳上還繫著腳鍊。

「小雪球你怎麼了？你是在害怕那隻貓嗎？」感覺纏在手上的鍊子被拉動，花宓連忙將飛起的毛絨絨再扯回來，趕緊用手掌摀著那顆白糰子，以免他又被那隻黑貓盯上。

視線受阻的毛絨絨不停掙動，想要擺脫花宓的掌心。

「喵。」黑琅的叫聲阻止了毛絨絨的動作。

無視花宓一臉忌憚的表情，黑琅走近海冬青，拍了拍對方褲管幾下，表示記得服侍好朕。

「要抱嗎？」海冬青誤解了黑琅的意思。

別把朕當隨隨便便的貓。黑琅用尾巴不輕不重地抽了海冬青的小腿。他一昂頭，態度有如倨傲的國王。

海冬青這次懂了，這是不給抱。

「毛茅讓你自己過來的嗎？」海冬青又問。

「喵。」黑琅給予了肯定。

「學長，這隻貓應該不會欺負我的小雪球吧？呃，昨天我就看見他追著小雪球不放……」

花宓擔心地問道，手還是不敢放開。

「大毛很好。」海冬青說。

不，這是牛頭不對馬嘴吧？花宓張張嘴，可又礙於海冬青給人的威壓感太重，不敢再抓著這話題問下去。

反正……反正學長也不可能讓朋友的貓欺負小雪球吧？想到這裡，花宓鬆開了手。眼前恢復光明的毛絨絨滿懷渴望地凝視著黑琅。

「啾啾啾！」陛下你是來帶我回家的對吧？

「喵！」先給朕安分點，你自己見機行事，找到機會就飛，朕也會看情況出手的。

一鳥一貓在此刻跨越了種族間的藩籬，迅速完成了旁人無法理解的協定。

花宓只當自己的寵物克服了對那隻貓的畏怕，才會不再亂飛亂動。她鬆了一口氣，率先提步往前走。

海冬青和黑琅跟在後面。

兩人加一鳥一貓，就像是沒有目的地隨意走逛。

爲了假裝自己眞的有作業要交，花宓不時會將手機開成錄影模式，這邊拍一下，那邊也拍一下。

思及自己在網路上看到的事例，還有陶渺渺，都是單獨一人時碰上那名魔女，她想了想，還是請海冬青和自己保持一段距離，用的藉口是怕自己不小心把他也錄進去。

海冬青依言往後退。

花宓很滿意，覺得這樣的距離就看不出他們其實是結伴同行。

她今天也特地換上露腳踝的褲子了，希望能順利引出魔女。

懷抱著無人知曉的期望，花宓挑的都是比較偏僻的巷弄街道。有時發現有趣的東西，還會忍不住停下來拍照，讓自己的藍玫瑰彩繪指甲跟著入鏡。

她不像陶渺渺的IG主打的是造型穿搭，她的IG上各種風格的照片都有，以新鮮有趣還有多變化來吸引粉絲追蹤。

而指甲彩繪也是她的強項，有不少人就是爲了這個追她的IG。

毛絨絨一直在觀察有沒有適當的時機，見花宓又停下來拍照，他立刻猛力揮翅，朝著後方飛去，不管鍊子是否限阻了他的自由。

被毛絨絨這麼一拉扯，連帶地也讓花宓無法好好地做事。

「小雪球你乖一點。」花宓安撫道。

然而毛絨絨依舊故我，彷彿將這個舉動當成一種新遊戲。

花宓被干擾得心浮氣躁，最後終於忍受不了自個兒寵物的不聽話，決定將他先交給海冬青看顧。

黑琅要的就是這瞬間。

還沒等到海冬青接過鍊子，黑琅迅雷不及掩耳地躍出，咬過鍊子扭頭就跑。

「小雪球！」這始料未及的發展讓花宓大吃一驚，緊接著氣憤和驚慌交雜在一起，讓她一時忘了對海冬青的敬畏。

「都是學長堅持要帶那隻貓的！」她氣急敗壞地嚷道：「快幫我找小雪球回來！你快點把他找回來啊！要是小雪球出事，就是學長的錯！」

「待在原地，有問題打電話給我。」海冬青臨走前不忘交代。

直到海冬青的身影追著貓而消失，花宓才總算從怒火中稍微平復下來，隨後她慢一拍地意識到……

這下子，自己是真的落單了。

黑琅叼著毛絨絨的鍊子，速度飛快地在路上狂奔，一下就將兩名兩腳獸都拋到了後面。他隨便找了個沒有人的地方，直接鬆開嘴，一路上有如被當風箏放的白糰子立刻「啪唧」地掉落在地面上。

毛絨絨只覺自己的眼前都是花的，黑琅的速度快得讓他沒辦法反應過來。

「我好像暈貓了……」毛絨絨可憐兮兮地說。

「呸！誰管你？還不趕快把那條破鍊子弄斷？」黑琅沒好氣地說道：「你是多喜歡被綁

著？要不回去朕叫毛茅也綁住你？」

「不、不是有綁過了嗎？」毛絨絨說的是他們倆常被毛茅用繩子捆成火腿和球。

「嗯？還敢跟朕頂嘴？」黑琅瞪了一眼。

毛絨絨馬上就慫了。他不敢再浪費時間，低頭想啄開自己腳上的鍊子，然後他就發現一個問題。

鍊子他啄得開，可是腳環的位置他啄不到啊。

「陛下，拜託你幫幫我了。」毛絨絨向黑琅尋求幫助。

「嘖，沒用。」黑琅亮出爪子。

毛絨絨只見到銀光一閃，接下來就感覺腳上一鬆，腳環裂成兩半。

「啊啊！謝謝你陛下！嗚嗚嗚，你和毛茅果然還是愛我的，我好開心喔！」毛絨絨感動萬分地變回了人形，兩隻手臂往前一張，就想給黑琅來個重逢的擁抱。

被黑琅凶暴地拍開，「誰給你這區區平民這種勇氣的？朕的玉體是你能輕易碰觸的嗎？」

「嚶嚶嚶……」被狠狠拍開手的毛絨絨委屈得眼眶含淚，「陛下，毛茅呢？毛茅怎麼沒有一起過來？他昨天鐵定也很想我的對不對？」

看在毛絨絨昨天被迫外宿一夜的份上，黑琅決定不跟他說毛茅昨晚吃好喝好，還睡得非常好。

「毛茅臨時有事，有朕過來你就該偷笑了。」黑琅低頭替自己舔毛，身爲貓陛下就要隨時保持完美無死角的外表，「說吧，昨天受到了什麼虐待凌遲嗎？」

「爲……爲什麼會覺得我會遭受這種事啊！」毛絨絨瞠目結舌。

「當然是因爲你醜。」黑琅斬釘截鐵地說。

毛絨絨在這一刻感受到強烈的暴擊，如果他頭上有遊戲中常出現的血條，那麼估計就差不多見底了。

「太、太傷鳥的心了……」毛絨絨語帶泣音地說，「我那麼萌、那麼可愛，那個叫花宓的平胸美少女還不停地誇讚我……」

「那你回去。」

「……對不起，我眞的很醜。」

面對黑琅的威脅，毛絨絨總是撐不過三秒就自動認輸。

「鳥懂得自省就好，看看你給朕和毛茅帶來什麼麻煩？」黑琅指責道：「沒有朕跟在毛茅身邊，萬一他碰上什麼事不就沒武器可以用了？」

「呃，毛茅不是有仿生契靈嗎？」毛絨絨記得毛茅向來會佩戴著那個金屬手環。

「那種破東西哪能比得上朕！」黑琅凶巴巴地瞪過去，大有毛絨絨敢說一句能，他就一爪子揮出去的架勢。

毛絨絨當然不敢說。

「陛下，我們要去找毛茅了嗎？」他明智地選擇了轉移話題，「不過我們就這樣跑了好嗎？毛茅不是把你寄放在海冬……」

毛絨絨沒來得及把人名說完。

一道愕然的男聲猝不及防地插入了他們之間。

「琅哥？」

隨同聲音出現的，赫然就是毛絨絨正欲提及的那人。

海冬青。

「啊啊啊出現了！」毛絨絨被嚇得反射性抱緊黑琅。

黑琅同樣被海冬青的突然現身驚得呆住，忘記從毛絨絨的懷抱裡掙出。

藍髮青年一改素來的冷肅漠然，震驚的情緒遍布在那雙深碧色的眼瞳裡。他的目光緊緊地盯住白髮少年懷中的那隻大胖黑貓，對白髮少年則是視若無睹。

「這是琅哥的聲音沒錯，所以……琅哥你變成貓了？」

「等等，你接受得也太快了吧？」毛絨絨下意識吐槽，雖然沒人理會他。

緊接著他就意識到一件更驚人的事。

海冬青光憑聲音就認出來了！

臥槽，他們不是多年沒見了嗎？這迷弟的記憶力未免也太誇張了吧！

渾然不曉得自家胖貓曝光了眞正身分，毛茅叼著棒棒糖，陪著黑梟和陶渺渺在外邊尋找著和雛菊相關的地方。

今晚預定要去的有三處。

前兩個是有種植雛菊的店家，第三個則是一幢廢棄大樓前。

大半部分都浸染在夜色中的建築物看起來格外荒涼陰森，連點人氣也沒有。仰頭往上看，不少窗戶是破的，或是沒了玻璃，黑黝黝的孔洞彷彿是一隻隻的眼睛在注視著人。

陶渺渺無意識打了個哆嗦，心裡慶幸還好自己身邊有兩名同伴，要不然她大概也不敢在晚上來這種地方。

尤其她昨天還碰到了斧頭殺人魔的幽靈。

陶渺渺堅信那一定是鬼。

否則不可能說出現就出現，說消失就消失。

「我想問一下。」毛茅也在觀察這棟廢墟，「陶渺渺妳之前是爲什麼要來這種地方啊？」

「拍照啊。」陶渺渺理所當然地說，「像這種廢墟很適合拍網美照耶，而且灰灰髒髒的大樓剛好能強調我身上衣服的顏色。我那時候拍的照片，可是超多人按愛心的。」

「不怕發生危險嗎？」毛茅訝異地問。

「我那次又沒進去，只在外面拍，而且裡面也沒什麼危險的。」陶渺渺打開手機的手電筒功能，照向前方地面，「花宓和其他人就進去過了，他們選了高樓層的窗口拍，拍出來的照片眞的很好……哇！」

陶渺渺突然腳下無端一拐，險些摔倒在地。她拍拍胸口，吐了吐舌頭，「嚇我一跳，還好沒事……肯定是我夢裡跳舞跳太久，才會覺得腳軟。」

「跳舞？」毛茅隨口一問。

「對啊，昨天一直夢到自己在跳舞，不停地跳啊跳，然後轉圈圈什麼的，累死我了……」陶渺渺苦著臉，「我都懷疑是不是因爲……」

陶渺渺忽地把後面的句子吞嚥下去，她差點把碰上斧頭殺人魔的事透露給兩名不熟的人知道。

「大概是因爲昨天我們跑了好幾個地方的關係吧？」陶渺渺胡亂找著理由，好在另外兩人也沒多加注意，「往這邊，我記得有雛菊的地方是在那個方向的牆附近。」

在陶渺渺的帶領下，黑梟和毛茅來到了像是大樓後門的地方。

那裡雜草叢生，幾乎把能走的路徑都蓋住。

但正如陶渺渺所說，的確有一部分區域長出了白色的雛菊。

「啊，我果然沒記錯。」陶渺渺開心地嚷，「黑梟黑梟，妳快幫我看看，我變那麼倒楣是不是跟這裡有關？」

黑梟一動也不動地凝視著灰撲撲的外牆。

「黑梟？」陶渺渺的聲音不由得轉小。

粉色長髮少女此刻的模樣有點懾人，尤其睫毛眨都沒眨，宛如一尊無生氣的人偶。

毛茅下意識也跟著黑梟的視線望過去，在他看來就是一面水泥牆而已。

見兩人都在看著同一處，陶渺渺納悶地也看過去，然後她忍不住皺起了眉，「嗚噁，這牆怎麼那麼髒……之前來明明沒那麼誇張的。這是……這是長黴了嗎？」

「長黴」兩字瞬時讓毛茅領悟過來，「學姊，妳也看到了？」

「嗯。」黑梟微微點頭。

難掩嫌惡之色，陶渺渺立刻往後退了幾步，不想跟那面牆靠太近。

自己看不到，但是黑梟和陶渺渺都能看到，又像是黴斑的存在……

這無疑說明了一件事——這裡有孕育污穢的孢子囊！

而陶渺渺，顯然擁有契魂。

下一秒，陶渺渺驚疑的喊聲傳出，「那個……是不是我眼花了？那個斑紋好像在動？天啊，它是不是真的在……」

最末一字還來不及喊出口，雙馬尾少女身子突然一軟，倒進了一雙手臂中。

「我抱不住了，你接著。」黑梟將被自己擊昏的陶滺滺往毛茅一推，「找地方放好她，遠一點保險。」

身爲現場唯一的男孩子，毛茅二話不說地接過了陶滺滺。爲免草叢裡可能有蛇蟲，他掃了一圈，將人帶到大樓對面的空地處先安置。

水泥牆前面的黑梟已經開啓回收場。

大量光絲瞬息之間朝四周飛散，交錯成難以計數的網格，像張巨大的魚網將這一地帶盡數包圍其中。

黑與白轉眼刷上了所有事物，讓人宛如置身在黑白相片。

毛茅按下手環上的晶石，開啓一鍵換裝。

暗紅的社團制服取代原先的便服，掛在貓耳帽上的護目鏡被他一把拉下。

眼前視野頓時一變。

大樓外牆上的青黑斑紋如同急速退離的潮水，一口氣全匯聚往最邊邊的角落。

下一刹那，強烈的威壓猛地釋放。

一股難以形容的腐爛味道一併逸出。

「臥槽！」毛茅馬上緊緊摀住鼻子，這充滿衝擊性的味道讓他覺得自己的鼻子快歪掉了。

黑梟也掩著口鼻，淺灰的眼眸不再無波，而是流露出極度的嫌惡。

緊接著，味道的主人在兩人面前正式露面。

那是一隻身體有兩名成年人那麼粗的雙頭大蛇。左邊的頭顱看似和普通蛇類差不多，右邊的頭顱卻是由金屬和齒輪堆疊而成。細密的灰白鱗片蔓延到尖細的蛇尾，上頭裹覆著一層黏滑的液體，閃爍著令人退避三舍的光芒。

四簇蒼白的火焰在四個眼洞中燃起。

雙頭大蛇擺晃著腦袋，像在嗅聞著香甜的氣味是從何而來。它的一顆頭對著黑梟，另一顆則是高高昂起，雙眼像在打探更遠的對面。

毛茅已經很習慣自己被污穢視而不見了。

假如人類可以用美味程度來劃分的話，那他大約是被歸到負分的那組吧。

「社規第一條。」黑梟小小聲地說，「記得嗎？」

「嗯……」毛茅沉吟一聲，那條規則他早就記得滾瓜爛熟。可是有污穢在眼前不打，實在很讓人心癢難耐。但他也不清楚黑梟對社規到底是怎麼看的，是堅守派的？還是說……

抱著試一試的心情，毛茅也小小聲地回答，「其實我不記得了，學姊記得嗎？」

「不，我也不記得內容是什麼了。」黑梟的聲音還是又細又輕，可她的灰眼睛是亮的。

粉色長髮少女和紫髮男孩對望一眼，在彼此眼中看見同樣的訊息。

既然我們都「不記得了」，那就不須要管規定了！

達成共識的兩人不再遲疑，即刻出手。

毛茅召出了長劍型態的仿生契靈，搶先一步攔阻在那顆試圖伸向陶渺渺的蛇首之前。

由堅硬金屬組成的頭顱立即張開嘴，露出泛著金銅光澤的獠牙和末端分岔的蛇信。

同樣是金屬鑄成的舌頭，就像一條長鞭迅烈地抽打向那抹矮小身影。

毛茅靈活閃避那條閃著冷光的舌頭，他快速在污穢周邊奔跑，一邊尋找著破綻下手。

雖然這顆蛇腦有夠硬，劍劈下後反震回來的力道讓他虎口有些發麻，但不代表他就找不出應對方法。

事實上，那些金屬與齒輪間的縫隙在毛茅眼中看來，就像是一條在召喚他踏上去的路徑。

毛茅舔舔嘴唇，勾起愉快的笑容，身子一矮，躲過污穢的攻擊。

那抹矮小但敏捷的身影如同腳下裝了彈簧一樣，快得讓污穢右邊頭顱壓根來不及鎖定他的影子。

可下一秒，污穢就察覺到那讓人心煩的小蟲在哪裡了。

就在自己身上！

灰白色蛇首惱火地擺晃，想要將那個礙事的存在甩下來，然而毛茅動作飛快，絲毫不將那持續的晃震放在眼內。

污穢企圖讓另一顆腦袋過來支援，但負責左邊的黑梟自然不會讓它有這個機會。

黑梟一彈指，身下的黑影頓如活物翻騰，一副看似沉重粗獷的金屬拳套轉眼間套入了她張開的雙手。

屈起手指，將拳套對撞一下，黑梟霎時如疾射出的利箭，飛竄向污穢，右勾拳直接重重打向了對方的下頷。她的攻勢粗暴又猛烈，與她孱弱纖細的外貌全然不符。

這雷霆萬鈞的一拳，打得污穢左邊腦袋猛地往旁一歪，就連眼洞內的白火都劇烈地搖曳。

剛好瞥視過來的毛茅不由得吹了一聲口哨。他真沒想到看起來弱不禁風的學姊，開打起來是屬於暴力派的。

「加油啊，學姊！」單手掛在齒輪上的毛茅喊道：「贏了我請妳吃十片洋芋片！」

「我不喜歡，」無論何時，黑梟的聲音都是細細的，要讓她拉高語調似乎非常困難，「洋芋片。」

透著一絲陰森的微弱聲音甫落下，那抹色素寡淡的少女又再度猛烈出擊。

左拳、右拳，金屬拳套挾帶凶悍勁道，一下下轟擊在蛇首上，打得污穢發出痛苦嘶叫。

毛茅那邊的動作則更快了。他攀爬著金屬間的空隙，短短時間內就直達右邊蛇首的頭頂。

仿生契靈重新被他抓握在手中，他猶如溜滑梯般順著那截金屬蛇身向下滑跳。

他的直覺告訴他，相當於污穢心臟的核心——就在往下數的第三節位置！

毛茅舉高利劍，就要全力往目標處深深捅進。

可說時遲，那時快！

眼看就要沒入骨節中的劍尖下，猝然空無一物。

「什……」毛茅瞪大眼，身下跟著一空。不待他思考究竟發生什麼事，他的身子已經直直地往下墜。

黑梟就如同她的名字般，宛如一隻靈敏的鳥兒躍起，及時抓住了毛茅的衣領，像拎小貓似地將他拎在半空。

回過神來的毛茅吐出一口氣，「一般人不都會用抱的嗎？」

「我還沒抱過喜歡的人，幹嘛要抱你？」黑梟的語氣沒有起伏，「就算抱過了，也不想抱你。」

「雖然學姊妳一副嫌棄的口氣，但還是謝謝妳了。」毛茅咧開爽俐的一笑，自動跳下地，金眸裡的光芒依然如同刀刃鋒利，迅速捕抓到污穢的身形。

雙頭蛇竟然縮小了身子，體型瞬間變得像條普通的蛇。它無視現場兩名實習生的存在，灰影一縮一伸，頃刻疾射向空無一人的方位。

這意想不到的局面，令毛茅和黑梟都吃了一驚。

按照以往經驗，污穢面對挑釁的敵人兼美食，通常都是不死不休的。

但驚愕也只是片刻，黑梟掃了昏迷中的陶渺渺一眼，果斷做了決定，「你追。」

「學姊？」

「打開刷一刷的地圖，別讓它逃了。有問題，就聯絡幹部或最近的除穢者。」

想了一想，黑梟陰森森地補上一句。

「不准逞強。」

「別擔心，我向來都不逞強的！」

毛茅快若驚鴻地閃出，落下的句子在夜氣中打個旋，歡快得彷彿將要參加的是一場有趣遊戲，而不是追捕駭人的怪物。

黑梟面無表情地目送著那道一下竄遠的背影，覺得對方的身上簡直像掛著一面牌子，上面書寫四個大字——

我去玩了！

第八章

花宓在原地等得有些無聊。

附近能拍的東西她都拍得差不多了，但是還沒等到海冬青帶著她的小雪球回來。

手機她也刷了，沒看到什麼有趣的消息。

現在也沒有想和誰聊天的欲望。

「好慢啊……」花宓不滿地抱怨道。

雖然海冬青離開才過了十幾分鐘，但這條路上沒有店家能打發時間，獨自一人站在這裡，讓花宓感覺自己像傻的。

但又礙於海冬青的威嚴，她還真不敢隨意亂跑。

尤其她還需要海冬青充當自己的保鑣，若魔女真的出現，才有人可以幫忙擋著。

不過……稍微走遠一點點，應該還是沒問題的吧？

真的只是一點點而已。

花宓東張西望一下，還是沒見著海冬青出現。她決定去前面看看，不然她真的要無聊到爆炸了。

心動不如馬上行動。

說服自己這樣可不算亂跑，花宓立刻邁步往前走，不用多久，就看見了一處十字路口。與平時車輛絡繹不絕不同，此刻居然不見來車，路面空曠得不得了。

這讓花宓見了不禁心癢難耐。

趁著一邊紅燈，但雙向都沒有任何車子之際，黃髮少女快步跑向前，來到路口正中央。

她拿起手機，對著自己開啓了錄影模式，螢幕上出現了她甜甜的笑臉。

「超幸運的！」花宓開心地對著手機說，「居然都沒有人或車子耶，有種這裡變成我地盤的感覺！嘿嘿，會忍不住想要大叫一下……呀呼！」

少女的喊聲迴盪在十字路口，似乎帶著回音。

將四面八方都繞一圈拍了一遍，花宓有點扼腕自己忘了帶自拍棒出來，不然就能將手機架在自拍棒上，拍一張在馬路中央跳起來的照片。

「啊啊啊，太太太可惜了啦！」光是想像，花宓都能想得出那畫面會有多棒，「早知道就帶出來了，怎麼偏偏就忘記帶自拍棒出來了呢……」

哀怨歸哀怨，忘記帶的東西還是不會自動跑出來。認清現實的花宓垮下肩膀，可隨即又挺直了身體，覺得還可以用另一個克難的方法試試。

見四周依舊不見人車，花宓跑至安全島，將手機設定成十秒後拍照，馬上又衝回到路口中央，心中同時讀秒。

然後伸直手臂，用力跳起！

一落地，花宓興沖沖地跑回去拿起自己的手機檢查，有一部分被裁到了，可整體還是和她預想的差不多。

「耶，太好了！」花宓捧著手機樂得直笑，想著回家修完圖再傳上網，可她的笑容突然間一滯。

照片裡的黃髮少女後方，不知何時飄著極淡霧氣。

霧氣裡，有道模糊人影。

花宓忙不迭地抬起頭，然而她方才拍照的那個方向，卻是什麼異樣也沒有。

仍是像被黑夜吞噬彼端的筆直馬路，和已經不知道是第幾次轉成紅燈的交通號誌燈。

怎麼會……花宓不死心地張大眼，用力地看。但瞪到她眼睛都痛了，還是沒看見什麼人影。她狐疑地再把照片放大又放大，直到能大略看出對方的身形。

是名女性。

電光石火間，一個念頭灌進了花宓腦海中，令她不由自主地吸了一口氣。

會不會……眞的誤打誤撞讓她碰上了？

那個斧頭殺人魔……

那個新的魔女！

花宓手指微抖地趕緊點開先前的自拍影片，影片裡果然也發現了相同的稀薄霧氣和更爲淡薄的人影。

狂喜與顫慄同時沖刷著花宓的身體，她迫不及待地又往馬路中間跑，全然沒去思考爲何這個路口至今無人車經過。

冷清得不正常。

彷彿被世界隔離的一個獨立角落。

花宓重新舉起手機，開啓了錄影模式，同時一步步倒退著走——在她查到的那些經驗分享裡，斧頭殺人魔都是從背後出現的。

花宓屏著氣，目光瞬也不瞬地注視著螢幕裡的景象。

透過鏡頭，螢幕上清楚地拍出了她後方的道路、建築物、路燈，還有霧氣……

在花宓沒有注意到的時候，霧氣悄無聲息地飄起了，它們像是從盡頭處湧出。

伴隨而來的，還有金屬利器在地面刮出來的尖細音響。

花宓心臟一縮，可難以言喻的興奮感蓋過了害怕和緊張，讓她大著膽子繼續往後退。

很快地，花宓聽到了另一道聲音。

喀噠、喀噠。

噠噠噠。

喀噠。

乍聽之下，好像有誰踩著舞鞋在跳舞。

與此同時，淡淡的白霧如同稀釋過的牛奶，一下就把周遭景物蒙得模糊起來。

而在那片淡白色中，隱約可以見到人影閃現。

人影抬起手臂，踮腳、前進、後退、轉圈。

花宓再也忍不住，她握緊手機，猛地轉身往回看。

這一次，霧氣和人影都沒有消失，反而與她距離越拉越近。

在花宓看來，兩人此時的距離肯定來得及讓她逃跑。她只要再看一下下，就一下下，只要看到魔女的長相……

但花宓怎樣也沒想到，突然間霧氣裡的人影消失了。她愕然地舉著手機，急急四處張望，想要找出那抹人影的行蹤。

下一刹那，一把閃爍著寒光的大斧頭猝不及防地自她面前橫劈出來，帶動的冰冷氣流撲到了她的臉上，又猛地下墜。

斧刃如同刻意算好般，不偏不倚砸在她的雙腳之前，猶如要將她雙腳的影子斬成兩截。

那把無人握持的斧頭霍地又凌空飛起，退回到淺白色的霧氣中。

路面上，則留下一道深深的劈痕。

花宓低著頭，可她腦中一片空白，足有好幾秒才反應過來剛才發生了什麼事。她臉色煞白，雙腿控制不住地一軟，所有亢奮就像被一盆冷水徹底澆熄，取代而之的是透進四肢百骸的寒意。

霧氣霍地向旁退開，宛如在爲誰開道。

鞋跟敲擊地面的清脆聲音一下下地撞入了花宓耳中，更撞入了她的胸口，讓她感覺心臟猶如被看不見的手緊緊地抓攢住。

花宓想要求救，她想到她的手機。但先前還好端端握在手裡的手機，卻不知掉到哪去了。

倏地，一抹猩紅人影佇立在花宓正前方。她的紅髮和腳上的鞋子都像用血潑染一樣，刺目至極。

與陶渺渺敘述的一樣——她有著紅髮綠眼，皮膚白得毫無人氣，從外貌看像是十五、六歲的少女。

但普通的少女不會手持鋒利的大斧頭，兩顆青綠色的眼珠子宛如玻璃珠，看著癱坐在路面上的人影像在看著最卑微的存在，更不會腳邊平空湧現出詭譎的深色斑紋。

紅髮少女掄起斧頭，不帶丁點憐憫，朝花宓那雙暴露出來的白皙腳踝便是揮劈下去——

花宓想要逃，想要遠離這個可怕的存在。她後悔自己輕率的決定，後悔自己怎麼就沒在原地好好等待海冬青。

但她的身體卻沒辦法如她所想地做出反應，她手腳沉重得像綁了鉛。別說逃跑，連抬都抬不起來。

她唯一做得到的事，只有驚駭至極地瞠大眼，放聲尖叫。

淒厲的少女喊聲劃過了夜氣和淡霧。

眼淚從花宓眼眶內湧溢出來，那張甜美的臉蛋如今血色盡褪。

斧頭重重劈了下去，卻不是落在少女纖細的腳踝上，赫然是落在了——

一面造型特異的碩大盾牌之上！

金屬相擊的聲音在夜晚格外尖銳刺耳，像要深深鑽入人的骨子裡。

同一時間，大把光絲沖天而起，飛速編織成一張大網，圈籠住了這方區域。

深藍與淺藍須臾間吞噬所有色彩，將此地染成了雙藍色的世界。

在藍色的天幕與路面之中，紅髮少女的紅更如鮮血怵目。

花宓愣愣地仰著臉，看著擋護在自己身前的盾牌。那盾牌足有半人高，正巧將癱軟坐在地上的她擋得嚴嚴實實。

得、得救了……這想法剛從她心中冒出來，冷硬的男聲驀地砸下。

「還不快到一邊去！」

花宓似乎被這喝聲驚回了神智，連忙看向聲音的來源。

姿勢筆挺的藍髮青年踏著穩健的步子走來，眼神看都沒看向她，而是凌厲地直鎖著那名紅髮少女。

見到海冬青出現，花宓終於體會到何謂劫後餘生。她驚喘一聲，連滾帶爬地往另一個方向跑去，最好離那恐怖的紅髮魔女越遠越好。

海冬青手一抬，那面擋下斧頭的盾牌瞬時分開，三柄長刀有如獲得生命，一柄飛繞向花宓，守在她的身側；一柄不知緣由，飛向了被陰影覆蓋的角落，似乎那邊也有什麼須要保護。

花宓被恐慌攫住了心頭，沒有發現另一柄落至了陰影中。

最中間的那柄，則是飛至了海冬青手中。

五指一收緊，藍髮青年沒有一絲遲疑，直接舉刀攻向了紅髮少女。

從剛才彼此武器的交會中，紅髮少女似乎察覺到海冬青實力不容小覷，沒有立刻與對方對上。

她身形飄渺，有好幾次刀刃明明都劈上了她的身軀，一晃眼卻又只劈到殘影。

紅髮少女踩跳著輕巧詭異的舞步，緊接著似乎被什麼吸引目光，忽然往旁轉過頭，鞋尖一蹬，一眨眼便穩穩落坐在中央的交通號誌燈上。

就在這剎那，一束灰白影子竄來，就像受到強烈吸引般落在了紅髮少女張開的掌心上，被

她一把抓握住。

那是一隻有著雙頭的畸形小蛇，眼中燃燒的蒼白色火焰，無疑說明了它的身分。

紅髮少女看著那隻自願來到手上的污穢，她鬆開斧柄，任憑笨重的武器往下墜，在路面砸出了重響，優雅地撩起了一頭長髮，然後將那隻污穢——

塞進了她頸後撕裂開的一張嘴巴裡。

這一幕看得花宓毛骨悚然，她驀地回想起污穢的天性是服從強者，會自我奉獻成爲對方的血與肉。

隨後，坐在號誌燈上的紅髮少女忽地一躍，那抹纖細身影宛若薄薄的紙片，被風吹動，一轉眼與海冬青拉開了相當大的距離。

她提起裙角，彎身行禮，白得如大理石的面容上彎起了詭異的弧度。

「我喜歡那雙腳，我會再來拿走的。」

她的耳語順著霧氣，飄到了海冬青耳中。

海冬青神色冷峻，他的回應是長刀脫手疾射，以雷霆萬鈞之勢直直刺向紅髮魔女。

然而刺中的依舊僅是殘影。

少女的身影像水波漣漪擴散，進而模糊得什麼也沒有剩下。

當那雙紅舞鞋消隱，徘徊在周遭的奶白色薄霧也一併漸漸淡去、再淡去……

海冬青目光森冷。

花宓不曉得紅髮魔女消失前說了什麼，她只在意對方是否眞的離開了。等到發現回收場內霧氣全消，她提至嗓子口的心臟登時落回原處，大大喘了一口氣後，才發現自己的上衣被冷汗浸濕了大半。

花宓手腳仍然虛軟，但一確認魔女終於走了，她馬上急急尋找自己的手機。玫瑰金的扁平長方體就掉落在馬路邊。

花宓眼睛一亮，她搖搖晃晃地站起來，迫不及待地跑去撿起手機，察看狀況。之前拍的影片和照片都還在，更令花宓驚喜的是，她拍到了紅髮魔女的正面！

然而還未等花宓想到之後要附上什麼標籤上傳到IG，她的手機冷不防被人一把抽走。

「幹嘛啊！」花宓下意識氣憤地喊。等她看見奪走手機的人是海冬青後，剩餘的不滿全被堵在喉嚨裡。

海冬青神情嚴厲陰寒，那雙眼睛看得人不禁心裡發冷。

花宓囁嚅著，卻還是連句話都不敢說。

手機裡留下的證據，足以說明她是蓄意接近那名魔女，那名人形污穢。

「妳做的事，我會上報。」海冬青收起花宓的手機，不帶轉圜地說，「沒有下一次了。」

「什……」見手機被沒收，又聽聞海冬青這麼說，花宓焦慮又不敢置信地看向對方，「把手機還我！你不能這樣！我……我又沒做什麼事！」

「妳已經做得太超過了。」海冬青的目光像能壓迫得人難以呼吸，「現在，回家去。」

「我不！海冬青你憑什麼？」自己做這麼多努力，卻換來一頭空，這讓花宓一時被巨大的憤怒和失望沖昏頭，忘了對海冬青的畏怕，氣急敗壞地想向對方爭辯到底。

可所有醞釀在舌尖上的尖刻指責還來不及脫出口，花宓頓覺眼前一黑，身子像被抽空了力氣，只能軟綿綿倒下。

抓住黃髮少女的一隻手臂，讓人不至於腦袋磕撞上地面，瞬間打量人的黑髮男子不悅地咂舌。

「吵死了。是不會學朕嗎？讓她直接閉嘴了事。」黑琅望向海冬青的眼神，明明白白地寫著「不成材的傢伙」。

「陛下、陛下！」原先躲在一邊的毛絨絨忙不迭地也跑出來，「你怎麼突然就……」

「就怎樣？朕做什麼要跟你這隻蠢鳥報備嗎？啊？」黑琅將花宓放至地面，準備火力全開地嘲諷起面前的白髮少年。

都是這隻笨蛋鳥的錯，他才會被小青抓包，還害得他得變成人形！

而且，一定也是這笨鳥帶衰……他們才會一過來就碰上了新的魔女！

對，通通都是毛絨絨的錯！

感受到危機即將襲來，毛絨絨直覺就要做起防護。

但突然間，現場的三個人都被一陣跑步聲引走了注意力。

黑琅與毛絨絨的視力特別好，遠遠就能瞧見聲音的主人是個矮小的人影，頭上還戴了頂招搖的貓耳帽。

那名矮個子還沒跑近，一黑一白兩抹人影率先如炮彈般衝了出去。

「毛茅！」

「毛茅！」

高大的男人和軟萌的少年瞬間各自變成了黑貓與雪球鳥，一頭撲撞進紫髮男孩的懷中。

猛烈的力道撞得毛茅差點要站不住腳，他及時穩住身子，雙手抱著一貓一鳥，睜大的金黃眼眸裡染著未退的茫然。

「怎麼了？大毛和毛絨絨你們怎會……呃呃呃小青!?」

毛茅的疑問在看見前方迎來的高大身影後，拔成了心虛的驚呼，他可沒忘記自家的兩隻寵物在撲過來之前是什麼樣的人形。

不只毛絨絨，就連黑琅也是。

而海冬青擺明是目睹了這全部的經過。

毛茅迅速露出了無辜的笑臉，腦中思緒高速運轉，試圖拼湊出眼下的狀況。

大毛原本是負責跟著小青，看能不能從花宓手中搶回毛絨絨……嗯？花宓人呢？

毛茅目光一轉，發現了花宓的存在——黃髮少女正陷入昏迷。

好，花宓昏過去了。毛絨絨和大毛都是人形，就表示發生什麼突發事件，讓他倆的人類型態都被小青抓包了，再加上這裡開了回收場……

「所以，你們有看見我在追的污穢嗎？」最後毛茅先冒出的問句是這個，「像隻畸形雙頭蛇的……」

「啊，有有有！」毛絨絨迅速發言，「它沒有了！」

「沒有了？是被小青……」毛茅最先想到的是海冬青解決了那隻污穢，這倒是解釋了這裡爲何會開回收場。

他將探詢的目光遞向走至眼前的藍髮青年。

海冬青沒有回答毛茅的任何問題，他劈頭第一句話就是：

「爲什麼琅哥會變成貓？魔法？詛咒？」

「醒醒，小青，這是一個科學的世界。我們要相信科學。」毛茅嚴肅地說。

「毛茅、毛茅，這世界才不科學啊！」毛絨絨啾啾直叫，「魔女就不科學了，新的魔女出現了，她還把你剛追的那隻污穢吃掉了！」

過多的訊息量讓毛茅頓時一愣，最末他決定虛心求教。

「呃……我錯過了哪些？」

海冬青意味深長地看他一眼。

「很多。」

昨天眞是雞飛狗跳的一天。

不過讓身爲養貓養鳥人士的毛茅來說，他會更樂意評論那是個鳥飛貓跳的一天。

饒是素來精力充沛的毛茅在經歷過昨日種種，也忍不住覺得累了。

主要還是心累。

得知黑琅的「琅哥」身分是怎麼曝光的，毛茅當下眞是一言難盡。都不知該說黑琅和毛絨絨說話時太粗心、沒留意四周動靜，還是該說海冬青的記憶力驚人，單憑聲音都能從貓認出人。

這迷弟威力也太強了……毛茅發出了和毛絨絨同樣的感慨。

明明多年沒見，沒想到海冬青至今仍是將「琅哥」的聲音記得牢牢的。

既然黑琅身分被揭穿，接下來等著的就是一場說明大會。

有關爲什麼要隱瞞黑琅會變貓變人，還不和海冬青相認的事……以及新魔女的事。

毛茅決定要先喊她「紅鞋子」，斧頭殺人魔實在太難聽了。

這些說明都是要花上時間的，因此海冬青單方面地拍板定案，昨晚直接強行在毛茅他們家留宿了。順便恭恭敬敬地為貓形的黑琅梳毛，還不忘糾正毛茅不該那麼隨便地喊黑琅為大毛。

還是黑琅不客氣地扔了眼刀出去，霸氣表示他家的鏟屎官愛喊他什麼就喊他什麼，才止住了海冬青的叨唸。

而關於黑琅為何能變貓又變人的問題，「舊版仿生契靈」這幾個字，成功地讓海冬青的諸多疑問都獲得了解答。

海冬青家族中亦有人在科研部做事，他曾聽說過舊版仿生契靈的開發與廢除。

至於紅鞋子的出現與狩獵對象，則被放上了今天榴華除魔社的討論議題。

大螢幕上，一雙赤紅如血染的鞋子在地面靈巧地踩踏，發出了喀噠噠的聲音，響亮又富有節奏。

穿著紅鞋子的紅髮少女在霧氣中跳舞旋轉，一手持著大斧頭，斧刃在路面刮出了尖細的音響。

除魔社眾人莫不是專心致志地注視著大螢幕上的畫面。

除了……有一個人在打瞌睡。

毛茅一手托住下巴，維持著似乎很認真聽講的姿勢，可雙眼其實已經閉上。他的頭一點一點的，忽然間撐住頭的手掌滑下，他的腦袋眼看就要磕到了桌面。

說時遲，那時快，毛茅左右方飛快各伸出一隻手臂。

高甜拎住了他的衣領，白烏亞則虛扶在他的下巴處。

猛烈的動作讓毛茅也被驚醒了。他瞪大一雙圓滾微勾的金眸，那懵懵的模樣看在對面的木花梨眼中，就像一隻剛睡醒的貓咪。

木花梨忍住喊「好萌」的欲望，關心地詢問道：「毛茅你還好嗎？太累了嗎？要不要去社辦躺一下？躺抱枕可能不太舒服，我替你拿枕頭和涼被吧，我知道社長把它們收在哪。」

「咳。」時衛出聲了，他先給木花梨一記不贊同的眼神，接著對毛茅皮笑肉不笑地說，「開會時打瞌睡？小不點，你皮在癢了嗎？」

「我剛剛只是不小心出神過頭而已，社長你誤會了。」毛茅臉不紅氣不喘地爲自己辯解，「我還是有認眞聽的，社長。」

「然後只是不曉得現在講到哪裡了而已？」時衛毫不意外見到毛茅無辜地點著頭，他彈了下舌頭，算是對這事揭過不提了，「算了，看在你有出席的份上。」

本日除魔社的缺席人數依舊三人。

黑梟、項冬、項溪。

「謝謝社長，社長你眞是人帥心善。」毛茅笑嘻嘻地說道，不忘轉頭向剛才伸出援手的左右鄰居道謝，「學長和高甜也謝了。」

白烏亞微搖搖頭，表示這不是什麼須要道謝的事。

高甜冷淡地說，「形容詞呢？我們沒有？」

毛茅一愣，一會後才反應過來——高甜是在指爲什麼獨獨時衛有加上形容詞，他們倆也該有才對。

不等毛茅想出稱讚，坐在一旁的伊聲揚聲阻止了。

「你們要誇，下課再去互誇。不然毛茅說一句，烏鴉的個性又會再回一句，你來我往的，還要不要談正事了？我先說，我現在很餓，不要浪費我時間。」

除魔社都知道，在臉盲症的伊聲看來，大多數人都是包子饅頭。

爲免餓到極點的副指導老師眞的撲上來將學生當食物咬，毛茅也迅速地挺直背，精神抖擻地盯著時衛不放。

「看螢幕，不是看我。」時衛就連翻白眼也不減優雅。

毛茅摸摸鼻子，依言將視線轉向會議室中的大螢幕，正好定格在紅髮少女暴露全貌的畫面上。

皮膚僵白如大理石，像是玻璃珠的碧綠眼睛，一頭宛若浸泡過鮮血的紅色長髮，以及與那頭紅髮同樣引人注目的……

血紅色的紅鞋子。

紅髮少女握著大斧頭，踮起腳尖的模樣有如正要跳一段舞。

「海冬青傳來的資料很詳細。」時衛慢悠悠地說，「或者說，那個叫花宓的女孩收集的資料很詳細。」

昨日海冬青在花宓手機裡發現的，不單是她拍攝到的魔女照片和影片，還有那些關於斧頭殺人魔的網路截圖。

透過這些資訊，足以讓人判斷出花宓顯然是從斧頭殺人魔這個傳聞，聯想到魔女身上。

她試圖以自己為餌。

然後，她眞的成功了。

這些是昨夜海冬青就已告訴毛茅的，他若有所思地以手指輕點著桌面，總覺得其中好像還缺少了一個碎片。

一個足以讓花宓認定斧頭殺人魔極有可能就是魔女的碎片。

除非，眞的就只是她碰巧從斧頭殺人魔的傳聞中整理出了脈絡，再加上一時異想天開……

想了半晌都理不出清晰的思路，毛茅乾脆放棄了。

時衛示意木花梨切換至下一張圖片。

那是紅髮魔女狩獵目標的特徵。

一、年輕又落單的女孩子。
二、服裝搭配上皆有露出腳踝。
「海冬青說，魔女離開前的最後一句話是『我喜歡那雙腳，我會再回來拿走的』。」時衛又拋給木花梨一記眼神，後者有默契地切換了大螢幕上的圖片。
這回呈現在除魔社眾人眼前的，是多名女孩子，其中就包含花宓。
毛茅腦筋動得快，「這些是曾碰過紅鞋子的人？紅鞋子喜歡腳，所以她有戀腳癖了？以目前碰到的魔女來說，她的癖好挺特殊的呢。」
「你也喜歡腳？」高甜橫來淡淡的一眼。
「女孩子的腳很好呀，不過我沒特別的癖好就是了。」毛茅率直地說，巧妙地隱藏了他的癖好是胸部，越大越好。
畢竟在場有三名女性，他這話要是敢說出來，恐怕就要被人以性騷擾來看待了。
高甜眉宇間滑過一絲淺淺的遺憾。如果小豆苗說喜歡的話，那她就能大方地表示作為好朋友，她不介意讓他看腳踝看個過癮了。
「重點不是毛茅喜不喜歡腳。」伊聲出面把話題拉回來、「是新的魔女顯然很喜歡・附帶一提，我喜歡女孩子的腿跟屁股，屁股大一點的好。」
「伊老師，謝謝妳分享妳的癖好。」時衛毫不掩飾地翻了一個白眼，「還有『紅鞋子』缺乏美感，我會想到一個更好的。在這之前，就如同伊老師和小不點說的，新魔女對腳確實情有獨鍾。」

時衛側過身，雙手抱胸，桃紅色的眼眸微瞇，嘴角扯了一個冷淡的笑容。

「這幾個，通通都是契魂在腳踝上的。」

「做記號的方式找到了嗎？」白烏亞提問。

「還沒。」伊聲回答，「新魔女的存在是昨天才正式確定的，協會已經派人去接觸那幾名碰過魔女的女孩子，也有除穢者負責暗中保護。只能說這位魔女挑得挺準的，七個人中有三個契魂註定會成熟，包括昨晚自動送上門的花宓小朋友，這三人列為重點看守。還有問題嗎？」

環視會議室的五名社員一圈，伊聲不待有人提問，就獨斷獨行地宣告。

「好，沒問題，結束。我要去吃飯了。」

「等等。」時衛倏地開口，引來所有人的視線。

除魔社的社長難得一臉嚴肅，「紅舞鞋。」

「啊？」毛茅替大夥發出疑問，「什麼紅舞鞋？社長你想要買一雙嗎？」

時衛對毛茅的問題充耳不聞，他手指抵著額角，彷彿在回想著什麼，「有個童話故事……就一直跳舞的那個故事，挺蠢的，只因為想要展現自己的美，就受到懲罰。展現美麗有什麼不對？」

「離題了，社長。」木花梨溫柔一笑，熟練地將被時衛帶偏的重點接手拉回來，「社長說的，是《紅舞鞋》的故事吧？因爲穿了不被當時人認可的紅鞋子，少女受到處罰，只能無法控制地不停跳舞，不管晴天雨天，最後是請求獵戶砍掉她的雙腳，才終於停下……嗯，我也不喜歡這故事。」

毛茅是第一次聽見這個故事。

不過……斧頭、紅色的鞋子、輕巧的舞步，還有想要少女們的腳，這些要素確實都和故事內容大致符合。

「紅舞鞋可比紅鞋子有美感多了。」時衛對自己的取名能力很自豪。

對於時．五歲兒童．衛的炫耀，毛茅已經習以為常了，反正這時候只要默唸一句話即可。

行，你帥你有道理。

於是在時衛單方面的決定下，第四位魔女的代號就此出爐。

紅舞鞋。

第九章

花宓被禁足了。

得知自己女兒做出的糊塗事之後，花家父母簡直不敢相信。他們倆都是協會人員，相當清楚污穢的可怕與危險。

即使他們沒有親眼目睹過人形污穢，可是能夠讓污穢自願奉獻的魔女，力量又該是多麼恐怖。

各校除污社的第一條社規，同時也是協會非戰鬥人員首要遵守的規定。

一旦碰上污穢，即刻聯繫最近的除穢者，絕不要以身犯險。

而他們這個傻女兒，連實習生都不是，更別說是和污穢打鬥了。居然如此膽大包天，試圖以自身爲餌，誘使魔女現身。

誤打誤撞之下，魔女還眞的現身了。

想到如果當時沒有海冬青在旁保護，女兒會落至什麼下場，花家父母不禁捏了一把冷汗。內心對於海冬青是萬分感激，對於做出傻事的自家女兒則是惱火得不得了。

這次都敢拿自身安全開玩笑了，下一次呢？萬一又腦子一熱，衝去做更危險的事呢？

爲了讓花宓有個教訓，夫妻兩人決定禁足她。除了上學外，其他時間就好好待在家裡反省，不准隨意出門，零用錢也不客氣地減扣了半年份。

對於父母的處罰，花宓心裡無比鬱悶。但礙於零用錢已被扣了半年，而父母的態度明顯就是有意見就繼續扣，禁足時間也延長，讓她只能憋著一肚子氣，敢怒不敢言。

可眞正讓花宓最感氣憤的人，莫過於海冬青了。

她的小雪球不但被那隻胖得要命的黑貓叼走了，再也回不來，就連她拍到的魔女影片、照片，也全被刪得乾乾淨淨。

那明明是她好不容易拍到手的！

怒氣攻心下，讓花宓一不小心將指甲油畫出了預定範圍，在指甲上留下突兀的一撇。

「啊，可惡……」花宓看著那畫出去的一橫，懊惱地放下彩繪筆。

「怎麼了？」聽見好友發出的抱怨聲，正和對方語音聊天的陶渺渺關心地問道。

「沒事，指甲油不小心畫到了。」花宓只挑了最簡單的部分講，轉而關切起陶渺渺的近況，「妳這幾天怎樣？不是說跟黑梟到處去找倒楣的原因了嗎？」

「啊啊……」陶渺渺沮喪地吐出一大口氣，「別提了，根本沒什麼進展，倒是腿跑得要斷了。小宓我跟妳說，我現在根本是早也跑、晚也跑，夢裡也跑……有誰像我這麼累的啊？」

「噗，妳是跑馬拉松不成嗎？」花宓取笑，低頭又重新畫起自己的指甲。她想畫個仙人掌造型的，綠色加白色小刺，圖案簡單但肯定吸睛。

「哎唷，妳不懂啦。」陶渺渺唉聲嘆氣，「黑農的占卜太飄渺不實了點，一下又說雛菊，一下又說綠色。」

正畫著綠色仙人掌的花宓差點又畫歪了，「妳沒事提什麼綠色啦，我現在就在畫仙人掌耶！」

「哈哈哈哈哈，我哪知道那麼剛好，畫好記得再傳給我看啊。聽說妳被妳媽禁足了，放學後就得乖乖回家報到？花小宓，妳到底是做了什麼事惹妳媽生氣啊？」

陶渺渺哪壺不開偏提哪壺。

被戳到痛腳的花宓臉一沉，但語氣控制得當，沒讓不悅表露出來，「也沒什麼啦，就是這陣子成績有點下滑，她希望我能在家裡好好唸書。」

「哈哈哈哈。」陶渺渺在另一邊又是一陣取笑，「怪不得妳今天沒辦法跟我去吃冰淇淋，太可惜了。冰淇淋做成動物形狀的超可愛呢！妳有看到我傳到IG的照片吧？」

「妳會胖，絕對會胖！」

「才不會呢，我拍完照舔個幾口就扔了。吃那麼一點點，才不會胖的啦。反正現在換妳也倒楣啦，花小宓，總算不是我一個人了。」

「我只是被禁足，又不是什麼太嚴重的處罰……哪能算上倒楣？」花宓眉頭皺得更緊，心中的不滿更甚。她心情已經夠不好了，陶渺渺還硬要揪著這些事情講，「是誰摔了第五片玻璃貼了？」

「妳不說出來還能當朋友啊啊啊！」陶渺渺的哀號立刻傳出，「我都已經那麼倒楣了，還累得要死要活，妳都不知道我夢中有多累……」

「嗯？妳作什麼夢？」花宓分心問，努力壓下剛被挑起的煩躁，盡力將心神放在指甲彩繪上，小巧的仙人掌漸漸勾勒出形狀了。

「跳舞的夢啊。」陶渺渺大吐苦水，「一直跳啊跳啊，跳個不停。我連續好幾天都作這種夢，想停都停不下來，眞的覺得要累死了。妳說，到底該怎麼辦才能別再跳啊？」

正在繪製細節的重要關頭，陶渺渺的喋喋不休讓花宓在心浮氣躁之下，一時不經思考地脫口說道：

「把腳砍斷就不用跳了啊！」

手機另一端的陶渺渺愣了愣，安靜了幾秒。

「不對，我在說什麼……」自覺失言的花宓連忙道歉，「抱歉啊，渺渺，我只是開玩笑而已。」

「沒事啦，反正夢裡我也不可能砍自己的腳嘛，哈哈……唉，花宓，妳說我這倒楣何時是個頭啊？」

「說不定過幾天就變好運了？人家不是都說否極泰來嗎？妳看，妳之前碰上斧頭殺人魔不也安然無事了？」

「這麼說好像也對……」

「後來呢？妳應該就沒再撞見過了吧？」

「沒有沒有，一次就很夠了，我才不想看第二次。不過如果真見到第二次，我絕對要拍下來傳上網路。」

「好好好，等妳拍到再說吧。」花宓草草敷衍了幾句，便結束語音通話。

將畫好指甲彩繪的手指伸展開，放在桌面上，花宓背靠著椅背，頭向後仰，讓微僵的脖子能舒緩點。腦中想的則是陶渺渺信誓旦旦的發言，轉而又想到自己被刪除的那些影片、照片。

「啊啊，氣死人了啦……」花宓忿忿不平地嚷，「要不是海冬青，要不是他，就不會害我好不容易拍到的東西都沒了……」

嚷到後來，花宓也覺得沒意思。那些被刪的東西也不會重新回到她手上，而且自己又被父母看管起來了。

等她能自由行動的時候，恐怕紅髮魔女都被除穢者給消滅了。

越想越感到索然無味，花宓撇撇嘴，打算去外面買點餅乾。像去便利商店這種只要十幾分鐘的事，她爸媽還是同意的。

「媽，我去買點東西！」花宓抓著錢包向母親喊了一聲，不等對方回答便搶先說道：「會在二十分鐘內回來的啦！」

只有二十分鐘，況且只是去買個東西，想來也不會出什麼問題。花宓的媽媽嘴上叮囑了幾句，就讓人出門了。

入秋的夜晚依然相當悶熱，走在路上沒一會，花宓就覺得頸後隱隱滲汗。她搧了搧手，加快腳步走至就在前方的便利商店，挑了一袋的零食和飲料，還買了一支新口味霜淇淋。

花宓對冰品沒特別愛好，也是聽說這次的霜淇淋會在上面加個可愛造型的小餅乾，才來買看看。

特意將可愛的指甲彩繪展示在正前方，花宓拍下多張自己手舉霜淇淋的照片，這才舔吃起已經開始融化的冰品。

但才剛入口，花宓的眉頭就皺起來，「這也太甜了吧？是想甜死誰？」

瞄瞄左右，見超商外沒有其他人，花宓動作迅速地將霜淇淋直接往垃圾桶一丟。她咂咂舌頭，感覺甜膩的味道似乎還留在上面。

「真難吃……」花宓嘀咕著舉步離開。

離開超商不久，花宓就有點後悔了，出門時限的二十分鐘都還沒到一半呢。她思量著要不要再回去坐一會，用手機和人聊天也不錯。

雖說同樣的事在自己房間也能做，但一被禁足，就覺得外面特別好。

反正要是不小心坐太久，大不了媽媽打電話問的時候，讓她聽一下店內的聲音，證明自己的確沒亂跑，只是不小心沒注意到時間，想必也不會引來責罵。

主意打定，花宓提著袋子就想折返。

然而就在瞬間——

本來還透著燠熱的空氣突地降了好幾度，莫名冷意順著花宓的皮膚爬上，帶出了細細的雞皮疙瘩。

「怎麼回事？突然降溫了？」花宓一頭霧水地左右張望，卻在街道底端看見了奶白色的霧氣。

像稀釋牛奶的淡淡霧氣，一下就將街口轉角的超商燈牌染得朦朧。

花宓心頭咯噔一下，似曾相識的場景讓她頭皮瞬間發麻。

就在她碰上紅髮魔女的那一夜，也是先出現這種詭異的霧氣……

花宓扭頭就往自家方向狂奔，曾經有過的拍照想法眼下全被她拋到一邊去。

沒有除穢者保護自己，她哪裡真的敢一個人面對魔女？

那可是人形污穢！

只是花宓還沒跑出這條路，腳步就被迫停下來了。

並不是她不想跑，而是……

有人就站在了不大的路口處。

那抹人影同樣被白霧染得模糊、看不眞切，僅能從纖細姣好的體態看出是個長髮的女性。

花宓的心臟有如被猛力一抓，悚意像條小蛇從腳踝一路攀爬到了頸項，凡經過之處皆留下濕冷寒氣。

人影慢悠悠地動了，她拖著巨大又沉甸甸的斧頭，讓鋒銳的斧刃在路面割出尖細的音響，一雙紅鞋子喀噠喀噠地敲擊地面。

每一下，都彷彿是踩踏在花宓的心頭上，她的眼眸難掩悚懼。

從霧氣中走出的是一名紅髮少女，膚色僵白似大理石，紅髮和紅鞋子似乎就是她身上最濃重的色彩。

可這兩抹紅與其說像是火焰，不如說更像散發重重腥氣的鮮血。

已被協會標註代號是「紅舞鞋」的紅髮少女頓住了步子，她空出的一隻手提起裙角，雙腳交叉微屈，有如在舞台上行禮般，宣告著表演即將開始。

下一瞬——

紅髮少女提起斧頭衝了出去。

閃耀著冷冷寒光的斧鋒，立時在花宓駭恐瞠大的眼眸裡逼近、放大。

「不不不……不要！」花宓扔了手上的袋子，任憑零食飲料滾自路面，跌跌撞撞地就往超商跑去。

但紅舞鞋豈會讓自己的獵物從眼下逃脫。

「我喜歡妳的腳，特別喜歡。」

這是花宓第一次聽見人形污穢開口，與僵冷又不帶人氣的外貌相比，紅舞鞋的嗓音簡直像用蜜糖熬煮般，異常甜膩動人。

可無論那嗓音在旁人耳中如何悅耳，落在花宓耳內就如同嚇人的索命魔音。

「我等不及想帶走它了。」

帶走什麼？自己的腳嗎？不行、不行！花宓想驚懼地大吼回去，但逼至眼前的寒光讓她只能尖叫。

紅髮少女踮著腳尖，踏著輕盈的舞步，可手中的斧頭卻殺機凜凜。她就像貓逗老鼠似的，看著花宓在她眼皮底下抱頭逃竄。

終於，她像玩夠了一樣，斧頭「砰」地轟擊上路面，一條偌大裂縫即刻迸綻開來。

在路邊燈光的照耀下，像柏油路上裂開的一條傷疤。

震耳聲響生生嚇到了花宓，她身子一軟，倘若不是下意識扶著一旁的電線桿，恐怕就要撐不住腳。

她抬頭，滿臉懼意地看著那名紅髮少女。

少女的綠眼珠猶如空洞的玻璃珠，裡面沒有情感、沒有波動，任何人事物落在她眼裡，不過都像是被她踩在腳下的塵埃。

少女像被抽了色素的淡淡嘴唇，卻是彎起一個弧度。

那道與她外貌印象不符的甜膩嗓音，比糖更稠，比蜜更黏。

「站好別動了，別讓我砍歪妳那雙漂亮的腳好嗎？」

花宓想跑，可發軟的腳卻無力抬起。極端的恐懼讓她連尖叫都無法發出，只能逸出不成調的破碎悲鳴。

紅舞鞋掄動著大斧頭過來了。

她的紅鞋子踏過散落在路上的零食，包裝袋爆裂的聲音讓花宓頓如驚弓之鳥，忍不住嗚咽一聲。

在暗夜中，在起霧的街道內，冰冷釋放著煞氣的斧頭舉起，眼看就要揮下。

卻突然停在了半空中。

花宓緊閉著眼，淚水爬滿臉龐，她沒有看到紅舞鞋停下了攻擊。

直到——

「花宓同學，待在家裡不好嗎？爲什麼要亂跑呢？」

一道語氣聽起來閒散的年輕聲音落下。

花宓猛地抬起頭，反射性想尋找聲音來源處之前，卻先被眼前的畫面震驚住。

手持斧頭的紅髮魔女周邊，不知何時圍了一圈小手術刀，寒光迸綻的刀尖全是向內瞄準，只要敵人稍有動靜，就會全數發動。

除此之外，這條街道竟不知不覺被染成了綠藍兩色，恍惚中像踏入一幅色調奇離的抽象畫之內。

有誰從牆頭處跳了下來。

那是一名看起來比花宓再大個幾歲的女孩子，個子在女性中顯得份外高挑。海藍色的髮絲綁成蓬鬆的髮辮垂在胸前，一雙綠眸與紅髮魔女的冷酷截然不同，有若春天嫩芽。

她穿著暗紅色系的蘿莉塔風格洋裝，露出了細白修長的腳，沒有被短襪包覆住的腳踝，在藍色的燈光下白得像會發光似的。

花宓瞪大了眼，狂喜湧上她的臉。比起榴華分部長，一個她更熟知的稱呼登即脫口喊出。

「胡老師！」

蜚葉除污社的社團指導老師。

「妳閉嘴，老師現在心情很差。」胡水綠看也不看花宓一眼，口氣陰森森的，「我本來應該和我家親愛的進行視訊，親愛的好不容易答應我了，卻因爲有個學生不肯好好待在家裡，還有一個變態戀腳癖的出現，破壞了我的行程……除穢者也是要有私人感情生活的！」

「除穢者」三個字，似乎觸動了紅舞鞋。

「我不喜歡除穢者。」紅髮少女仍是甜膩的語氣，襯著她木然的表情，反倒令人感到毛骨悚然，「討厭、討厭、討厭死了，尤其是腳還那麼醜的除穢者。那麼醜陋的腳就更該……」

「砍掉！」

紅舞鞋的巨斧猛地掄動，環繞在她身周的手術刀瞬時被擊飛。

那抹紅影迅疾衝向了胡水綠。

胡水綠疾退，不忘一手抓拎起花宓，那些飛散的手術刀像是受無形絲線操控，一晃眼又飛回至主人身邊，如同最忠心的守衛，擋護在兩人身前。

與此同時，三道利光轟然到來。

兩把長刀交叉，直接扛住了揮下的利斧。

另一把長刀快若疾雷，一往無前地直攻向紅髮魔女身前。

卻沒想到紅髮魔女後背驟然撕裂出一道口子，多道森白骨刃從裡頭「唰」地探出，像手臂般攔下了逼來的長刀，將之絞緊，再棄如敝屣般地遠遠扔出。

下一剎那，利斧擊開阻擋的長刀，停住的攻勢再度凶猛向前，眼看就要砍向胡水綠那方。

被撞開的雙刀迅雷不及掩耳地再會合，兩柄利器竟是嵌合一起，併成了一面盾牌。

緊接著，紅舞鞋本能地感到危險迫來，霍地扭頭。

高大的藍髮青年已提刀襲來，那雙同是碧色的瞳眸冷厲如同他手中契靈。

被骨刃扔至路邊的長刀，竟是不知什麼時候消隱無蹤了。

海冬青的這一刀，凶悍地斬斷了紅舞鞋的多根骨刃，斷骨聲在深夜裡聽起來令人膽寒。

但最後……

海冬青的契靈終究沒眞正傷害到紅舞鞋。

紅髮少女的身形霎時散成茫茫霧氣，混入道路兩端的白霧，如退湧的浪潮，一下消逝得不見蹤影。

被刷成藍綠兩色的街道上，只剩被踩得破碎的零食狼藉散落。

海冬青踏步而來，他手指一動，半空中合併成盾牌的雙刀瓦解，與他手上的那把一併融墜入影子裡。

胡水綠同樣收起自己外觀爲手術刀的契靈，看著比自己高半顆頭以上的學生，忽地向自個兒腦袋伸出手。

胡水綠眉毛一挑，正想斥喝海冬青沒大沒小，那隻手卻是逕自越了過去。

一把抽出被花宓握得緊緊的手機。

「啊！」手機冷不防被搶走，花宓急得大叫，「還給我！」

海冬青絲毫不理會花宓，只是將手機螢幕轉向了胡水綠，後者的臉色瞬地沉下。

他們兩人被拍了下來，在契靈還未收起的時候。

這照片要是傳出去，即便大多數人會認爲這只不過是後製上去的效果，卻仍會爲他們除穢者帶來不必要的麻煩。

「我會跟花楊談一談的。」胡水綠說的花楊便是花宓的父親，「榴華分部妳也不須要再進來了，我向來討厭管不住自己手的人。」

「胡、胡老師！」

「接下來，妳最好管好自己的腳了。在紅舞鞋被消滅前別再亂跑，那位魔女顯然非常中意妳的腳。」

一想到紅髮魔女當時那甜膩的呢喃，花宓忍不住搓著雙臂，打了一個哆嗦，就連雙腳都忍不住爬上顫慄。

海冬青直接將手機裡的ＳＩＭ卡拆出，才將空機扔回去給花宓。

花宓紅了眼眶，卻敢怒不敢言。她抿著嘴唇，內心無比委屈。

「走吧，送妳回去。」胡水綠冷冷淡淡地朝花宓一抬頭，示意她走在最前面，自己則是和海冬青討論起接下來的應對。

「紅舞鞋特別鍾愛花宓，你住她家附近，再負責多加留意。」

「嗯。」

「那個紅頭髮的人形污穢居然敢嫌我的腳醜？我這雙腳是連我家親愛的都稱讚過的。」

海冬青這回連回應都不願意。

「她在花宓這吃了兩次釘子，也很難說會不會再有第三次，也可能……」

「轉移目標。」

「與紅舞鞋接觸過的那幾個人，都有可能會是下次目標。」

走在前頭的花宓沒有漏聽胡水綠他們的對話，「與紅舞鞋接觸過」幾個字讓她心頭一震。

她想到了陶渺渺，協會的人還不曉得陶渺渺也曾遇上紅舞鞋。

「契魂會成熟的，要多盯緊一點。」胡水綠又說。

花宓吐出一口氣，她確定陶渺渺沒有契魂，否則陶渺渺早就……

早就會看見……

花宓握緊手機。

她還是沒將陶渺渺的名字說出去。

週五過後，就是最受學生喜愛的週末到來。

明明是悠閒的假日。

但陶渺渺的心情從下午開始就很不美麗。

她一個人在外租房子住，租的還是間快十坪的套房。房內空間對她一個人來說稱得上相當足夠，也造成了她把東西亂扔亂堆的習慣。

今天她難得心血來潮，想把堆得亂七八糟的衣服收拾一下，不然那幾個被放在角落的小盆栽，也差不多要被淹得看不見了。

只不過陶渺渺怎樣也沒想到，當她把那些不知道是穿過還是乾淨的衣服通通扔進洗衣籃後，會在被清出的那處角落——看見發霉的痕跡。

污黑的斑漬附著在地板和牆壁上，看得陶渺渺臉都要綠了。

尤其想到自己的衣服都不知道壓在這些黴斑上幾天了，她就更覺全身要起雞皮疙瘩。

越想越不能忍受，顧不得處理黴斑，陶渺渺決定要先處理她的衣服才行。

她馬上俐落地抱著洗衣籃跑到陽台洗衣機前，把該裝網袋的塞一塞，把該分開洗的先堆籃子，再將洗衣精和柔軟精倒進去，蓋子「啪」地蓋上。

洗衣機運轉聲響起，她才感覺安心許多。

「絕對要洗得又香又乾淨！」陶渺渺咬牙切齒地說，可轉念又想起那處發霉的角落，肩膀頓時垮了下去。

在她看來，這又是一個自己倒楣的象徵。

但前天才拉著黑梟和毛茅跟她一起東奔西跑，不但一無所獲，自己還似乎因爲中暑而暈倒，被黑梟送回家。

想到這裡，陶渺渺不好意思今天再去央求對方陪自己到處跑。

還是等明天好了。

今天，要把那些礙眼的黴菌斑通通清理掉！

陶渺渺記得浴室裡好像有前任房客留下的清潔劑，她立刻拿著它和刷子，回到房間的那塊小角落。

小盆栽被她移往旁邊，她蹲在地板上，努力地噴噴噴，然後刷刷刷。

可也不知道是清潔劑效力不夠，還是那黴菌斑紮根紮太深，陶渺渺感到手都痠了，那些髒兮兮的污漬仍是頑強地黏附在上，一點也沒有褪去的跡象。

「天啊，搞什麼啦……」陶渺渺用手背抹了下汗，氣惱地咕噥著，「怎麼那麼難刷？」

眼看費了好一番工夫卻不見成效，陶渺渺決定先放棄了。她要去外面買一瓶更強效、專門針對發霉的清潔劑回來，就不信還刷不掉。

將東西隨意扔著，陶渺渺洗完手後，原本打算拎著小包包直接出門，可前腳剛邁出門，後腳倏地頓住。

她驀然想到，今天的IG還沒傳照片上去呢。

「嗯，就再來倒楣照連發吧！」陶渺渺興致勃勃地跑回被她清出來的角落，舉著手機，對著那些形狀各異的黴斑拍了一張。

因爲只是賣慘的照片，所以陶渺渺也沒特地再修圖，直接發了上去。配上的文字則是「人究竟能有多倒楣呢？我的房間角落居然發霉了，好嚴重，而且好難刷啊，需要大家的抱抱，啜泣、啜泣」。

已經預想到過不久就能收到一連串的安慰，陶渺渺原先因爲黴斑而低落的心情頓時好轉一點。她隨手關上門，將滿室陽光留在了裡頭。

沒有人看到，沐浴在日光中的地板無聲無息又滋生出新的黑色黴斑……

「毛茅、毛茅，你之前要我關注的那個陶渺渺，她IG更新啦！」

外貌如同由白雪和棉花堆砌出來的白髮少年，握著手機從沙發上站起來，迫不及待地想向家裡的一家之主邀功，以表示自己都有乖乖聽話。

毛茅的交代都有好好做到！

只是一站起來，毛絨絨這才發現那名紫髮男孩不知何時不在客廳裡了。

沙發上，只剩一隻胖得肉呼呼的大黑貓。

黑琅掀起眼皮，哼了哼，「毛茅蹲廁所去了，說要進行一段心靈洗滌，沒事別吵他。」

「啊，毛茅又窩廁所裡看小黃書！」毛絨絨一聽就明白，「他幹嘛不在客廳裡看？」

「因為會有個邪魔歪道一直大喊貧乳萬歲、貧乳最棒！」男孩子清亮的聲音從另一端傳來，因為距離關係而顯得有點模糊，卻仍是能讓客廳裡的一貓一人聽清楚內容。

「貧乳本來就棒，才不是邪魔歪道！」毛絨絨委屈地說，「巨乳有什麼好啊？為什麼毛茅那麼喜歡大胸部？不覺得脂肪太多嗎？當然是那種青澀、微帶一點起伏的……」

「你自己閉嘴。」黑琅冷酷如嚴冬的聲音截斷了毛絨絨的話，「或是朕讓你永遠閉嘴。」

毛絨絨馬上就慫了，毫不猶豫地選擇了第一個選項。他一手摀上嘴巴，像個小媳婦般乖巧坐回沙發內。

可坐不到半晌，毛絨絨又猛地站起。

「不對啊！」顧不得黑琅的威脅，毛絨絨心急地喊道：「我是要給毛茅通風報信的，陛下你不能攔著我，不讓我說話啊！」

「你廢話都說一串了，還好意思說朕攔你？」黑琅跳起來，凌空就是一記貓爪爪巴上了毛絨絨的臉頰，在那白嫩的皮膚上留下梅花印子。

「嚶……」毛絨絨摀著被打的臉頰跌坐回去。

時間點抓得不偏不倚，正好就是毛茅從廁所出來，走進客廳的剎那間。

白髮少年迅速紅了眼眶，淚珠要掉不掉的，看起來好不可憐。

黑琅冷哼一聲，一看就知道這隻心機鳥想要搞事情。

果不其然，毛絨絨下一刻立刻朝著毛茅嚶嚶哭訴，「毛茅，陛下又欺負我……電視上都說家暴是不能允許的！」

黑琅瞬間亮出利爪，「那你肯定是沒看過朕的家暴是什麼樣的。蠢鳥，坐著別動，朕要在你的臉上各寫一個醜和蠢字。」

「不不不……不要啊！」毛絨絨花容失色地跳離沙發，三兩步躲到毛茅身後瑟瑟發抖。可惜毛茅身高不夠，就算毛絨絨努力縮著身子，還是沒辦法把自己完全縮到前者身後。

「好好的週末別鬧啊。」毛茅捲起小黃書，敲敲毛絨絨的腦袋，「你們倆剛在吵什麼？」

「切，就知道你只在意小黃書，前面的話都沒聽到。」黑琅收起爪子，懶洋洋地又趴回去，「發生什麼事，你自己問那隻鳥。」

「啊，對對對！」毛絨絨霍然想起自己要向毛茅報備的事，他連忙跑去將扔在沙發上的手機拿起，「毛茅，你之前不是要我關注那個陶渺渺的IG嗎？她剛發照片了。」

「發什麼照片？」毛茅問道。

「說她又倒楣，房間裡有地方發霉了……」毛絨絨看著照片回答，像籠著水色的藍眸裡浮上疑惑，「我覺得還好啊，就是地板和牆角髒了點，像平時沒什麼清掃，灰撲撲的。」

「也許是她潔癖重，覺得那樣就很嚴重？」毛茅隨口說道，把自己拋進了沙發內。

黑琅見狀，改爬到毛茅懷裡，下巴微微一抬，要自家鏟屎官快撓一撓。

「也是喔。」毛絨絨點開照片下的留言，發現大多數回應都和自己差不多看法。不是問發霉地方在哪裡，就是認爲陶渺渺說得太誇大了一點。

但很快地，毛絨絨發現不對勁的地方。

有少數幾則留言，與大多數人意見截然不同。

「好奇怪啊，毛茅……」毛絨絨說，「照片下居然有人覺得發霉的狀況眞的好嚴重，也有人說陶渺渺竟然能夠忍受這麼大片的黴斑……可是，我看照片明明就沒東西啊。」

毛茅擼貓的動作一頓。

有人看得到，有人看不到……這種情況，只會讓他想到一件事。

毛茅立刻拿過毛絨絨的手機，陶渺渺最新的照片是她房間一角，地板和牆角還有未清洗乾淨的清潔劑泡沫沾在上面。

可除此之外，看起來確實和毛絨絨說的一樣，頂多髒了些，沒看到明顯黴斑附在上頭。

陶渺渺如果希望粉絲給她抱抱安慰的話，不太可能發這種圖文不符的照片。

一個想法電光石火間閃現，毛茅馬上找出自己的手機，打給了黑梟。

電話很快就接通，細弱平淡的女聲從手機裡傳出來。

「你好。」

「學姊妳好。」毛茅不拖泥帶水，直接切進重點，「妳有陶渺渺的IG嗎？她最新發的那張照片，學姊妳可以看見上面有什麼嗎？」

手機另一頭安靜了一會，接著聲音重新出現。

「她房間頁髒，一堆黴斑。」

這下換毛茅這邊安靜了。

「一、一堆黴斑？」毛絨絨沒漏聽黑梟的話聲，他不敢置信地瞪圓了眼睛，控制不住的音量拔高而起，「可是、可是，我們根本就……」

什麼也沒看到。

毛絨絨沒把最後幾字嚷出來。他立時也驚覺到，爲什麼一張照片會讓人看見不同的景象。

「看樣子，我們不必再去找什麼雛菊了，黑梟學姊。」毛茅舔舔嘴唇，金眸裡晃動銳利的光。

陶渺渺這個月來一直倒楣事不斷的原因，終於水落石出。

她的房間有孕育著污穢的孢子囊，才會產生有如發霉的污染現象。

而這片污染——

將她的運氣吞了。

找清潔劑比陶渺渺想像的還要更花工夫，天色甚至不知不覺地晚了。

本來她想說去便利商店找看看，結果撲了一個空，只得去更遠一些的五金大賣場。

結果那邊的清潔劑種類太多了，看得她眼花繚亂，都不曉得要選擇哪一種好。最後只好隨便挑了一款強調去霉功用超級強大，價格又不算太貴的。

拎著一瓶清潔劑，陶渺渺也沒有了想再去哪邊晃的心思。更不用說她近日雙腿特別容易痠痛，感覺就像走了無數的路。

肯定是那些夢害的，陶渺渺如此堅信。

她在夢裡天天跳舞，跳得沒辦法停下來，夢中的疲勞估計是傳到現實來了。

「眞是討厭的夢啊……」陶渺渺鬱悶地說，踩著溫吞的步子走在回家的路上。

放在口袋內的手機霍地傳來震響。

陶渺渺接起手機一看，發現來電人赫然是黑梟。

想著該不會是黑梟找到了關於她倒楣的原因，陶渺渺急切地接通了電話，令她大吃一驚的是，黑梟劈頭就是——

「把照片刪了，否則妳會更倒楣下去。」

「什、什麼？」陶渺渺一呆，不自覺停下腳步。

黑梟細若蚊蚋的聲音搭配上她說的話，乍聽之下讓人不禁發毛。

「妳今天在IG上發的那張。」黑梟說，「把它刪掉。」

「所以……所以說我會倒楣，是跟那些發霉有關嗎？」陶渺渺努力整理著思緒，「可是妳之前占卜的結果不是雛菊跟綠色嗎，而且爲什麼那些黴斑會讓我倒楣啊？」

「先刪。」黑梟言簡意賅地說，「在家裡等我們過去。」

「好歹先說明白啊，黑梟……喂，黑梟！」陶渺渺聽得一頭霧水，可是另一頭卻直接掐斷了通訊，連說明都沒有。

陶渺渺瞪著手機，只覺得莫名其妙。

突然就要人刪照片，又說自己倒楣是跟那些黴斑有關……好吧，黑梟是沒說，但話裡話外聽起來就是這個意思啊！

要是腦內想像可以具現化，陶渺渺估計自己頭上都是一堆問號在飄來飄去了。

即便想不通黑梟要她這麼做的眞正意義，但陶渺渺也不想拿自己的運氣去賭。

她現在都夠倒楣了，再倒楣下去還得了？

她馬上點進自己的IG，深怕看了留言會忍不住和人互動，迅速地按了刪除就退出程式。

想到黑梟說待會要過來她住的地方，她連忙又邁出腳步，本來慢吞吞的速度也跟著提快不少。

陶渺渺邊走邊想找人傾訴滿肚子的話，實在是黑梟的言行太神祕了，她不找個人分享會憋著難受。

第一個躍入陶渺渺腦海中的人名，就是花宓。

而且她還可以趁機再嘲笑花宓一通。

對於倒楣多日的陶渺渺來說，看到花宓現在也走了霉運，頓時令她心情平衡許多。

也不曉得花宓是做了什麼，竟然被父母禁足，星期六還得待在家裡不能亂跑……眞是太可憐了。

陶渺渺電話剛撥過去，另一頭很快接起。

「喂？渺渺啊？」花宓的聲音聽起來有氣無力的，沒什麼精神。

「還在禁足中啊？」陶渺渺竊笑著，「妳媽沒有讓妳出去放風嗎？」

「啊！妳很煩耶！一直提禁足、禁足的……」花宓果然氣惱了，「妳現在在哪裡？算了，還是別跟我炫耀，免得我聽了想打妳。」

陶渺渺故意發出吐舌頭的聲音，「妳也打不到我啊，我現在是在……」

陶渺渺話音一頓，她將手機稍稍拿離耳邊，狐疑地轉頭向後看，剛剛似乎聽見了腳步聲。

但後面明明沒人啊。

「喂？渺渺？渺渺，怎麼忽然沒聲音了？」花宓在手機裡追問。

「啊，沒事……」陶渺渺接著繼續說，「我現在人在外面，不過也沒去什麼地方啦，就是去了大賣場一趟。對了，花宓，跟妳說，黑梟好像找到我倒楣的原因是什麼了耶。」

「妳說眞的!?」花宓語氣猛地拔高起來。

「對啊。」陶渺渺的語氣也跟著輕快了幾分，「雖然我也還是糊裡糊塗的啦，不太懂得黑梟葫蘆裡在賣什麼藥。她剛剛忽然就叫我把照片……」

「照片？什麼照片？喂喂，渺渺？陶渺渺？」

陶渺渺緊握著手機，沒有回應花宓不解的追問，一股驟然生起的冷風吹上了她的頸後，令她控制不住地寒毛直豎。

可是現下，明明是還悶熱的秋天……

而且，爲什麼她的身後有著「喀噠喀噠」的腳步聲出現……

腳步聲離得不遠，就是突如其來地就跟在她後頭了。

然而陶渺渺很確定，自己不久前轉頭向後看的時候，分明沒有其他人在。

「渺渺，到底怎麼了？什麼照片？」花宓在手機裡窮追不捨地問。

陶渺渺卻無暇回應，她瞪大的眼裡染上了驚惶，眼睫毛更是不住地快速眨動，試圖證明自己只是眼花。

否則、否則……怎麼會好端端的，道路兩邊倏地淹出了霧氣？

那霧與平時的起霧完全不同，來得又快又急，一下就將周遭景物染得朦朦朧朧，溫度亦跟著降低幾度。

原本的燠熱陡然間就被涼冷取代，好似空氣裡的熱度一口氣被抽走。

不好的記憶幾乎瞬間翻掀出來，陶渺渺猛地回想起了自己碰上斧頭殺人魔的那一晚。

她臉色一白，顧不得花宓的追問聲不斷傳出，她抓緊手機，拔腿就是拚命往前狂奔。

拜託千萬不要……千萬不要再是斧頭殺人魔了！

陶渺渺心裡有一排小人在驚恐尖叫，她手心冒汗，手機有幾次差點要抓不牢。

「渺渺！」花宓的尖喊透過手機，在路上顯得格外嚇人。

陶渺渺一顆心都要被嚇得蹦出嘴巴，她短促地驚叫一聲，想到自己這時應該要求救才對。

手機還有訊號，花宓還在線上！

「花、花小宓……」陶渺渺的牙齒在格格打顫，連帶地聲音跟著不穩，「我好像……好像又碰到斧頭殺人魔……」

「什麼？妳在哪裡！」

「我、我在……」陶渺渺路名才報了一半，就因過度驚嚇而錯手按掉了電話。

沒有發現手機另一端話聲驟然消失，雙馬尾少女呆呆站在原地，纖瘦的身子隱隱發顫。

前後都有聲音。

都有鞋跟擊踏著地面，發出俐落節奏的聲音。

乍聽之下，就好像有好幾個人將前後都包圍住了。

「騙……騙人吧？」陶渺渺虛弱地說。斧頭殺人魔不是只有一個嗎，爲什麼爲什麼兩邊都有聲音傳出來？

一個微弱的希望驀地落進了陶渺渺心頭。

會不會……有一邊真的是其他的路人呢？

這個念頭讓陶渺渺瞬時又鼓起了勇氣。想起當初那名穿著紅鞋子的紅髮少女是從自己背後接近，她毫不猶豫地選擇了往前使勁奔跑。

她感覺自己的肺像要爆炸，本就痠痛的兩隻腳更是傳來了抗議的訊號，但她不敢停，腦中只剩下「跑跑跑」這幾個字。

然後她看見了一雙紅鞋子。

一雙展露出蒼白腳踝的紅鞋子，就只有腳踝而已。

巨大的驚懼如同一隻大掌狠狠掐住了陶渺渺的脖子，讓她再也沒有往前的力氣。她目露駭然，踉蹌地連連後退。

她退得太急太猛，一時間站不住腳，竟是整個人狼狽地摔跌在地上，掌心擦破了皮，傳來火燒般的疼痛。

然而陶渺渺似乎沒注意到這些，她牙齒格格打顫的聲音更明顯了，但這聲音輕易就被其餘聲響蓋過去。

噠噠噠、喀噠。

紅舞鞋在跳舞。

喀噠、喀噠。

更多雙紅舞鞋在跳舞。

那一雙雙穿著紅鞋子的斷腳，在陶渺渺駭恐至極的目光中朝她逼來。

緊接著，另一道尖銳細響從她背後響起，像金屬刮著路面，刮得陶渺渺如墜冰窖。

她僵著身子，慢慢地、慢慢地扭過了頭。

頭髮與鞋子都像用血浸染過的少女拖著巨大的斧頭，青碧色的眼瞳令人想到無機質的玻璃珠。

像尊僵硬人偶的紅髮少女啓唇，吐出的卻是與她外貌落差極大的甜膩聲音。

「我記得妳呀，妳跳舞跳得累了吧？」

像糖煮，像蜜熬。

「我來替妳砍掉好不好？」

「不要……不要啊啊啊啊！」陶渺渺反射性雙手抱頭，雙眼緊緊閉上，不敢想像接下來自己身上會發生什麼事。

可下一瞬。

進入她耳中的不是利器劈開血肉的聲音，預想中的劇痛亦沒有隨之而來。

相反地，一道本不應該出現在此的清亮嗓音，劃破了霧氣瀰漫的街道。

「麻煩一下，隨隨便便想砍人的腳可是犯法的喔。」

陶渺渺不敢置信地放下雙手，瞪大眼睛，看著站在紅髮少女後方的紫髮男孩。

那是毛茅。

毛茅穿著造型特殊的暗紅色服裝，戴著貓耳帽，手上纏捲著黑得發亮的鞭子，鞭尾則是緊緊地纏捲住紅髮少女的手腕和她的斧頭，牽制住了她的行為。

*怎麼回事？*陶渺渺被這發展震懾住了。她呆然地抱著買回來的清潔劑，一時不知該如何反應。

可震驚的事情還在後面。

「妳沒有說妳碰過紅舞鞋。」細微的女性嗓音混著霧氣，散發出陰冷的氣息。

「啊！」陶渺渺驚喘一聲。

如同稀釋牛奶的白霧裡，又忽地踏出了一抹人影。

淡粉色的長髮綁成兩束，垂至小腿肚；明顯不健康的蒼白膚色好似要與薄霧融在一塊；淺灰色的眼珠懾人得很，看得陶渺渺不由自主地背脊發涼。

「黑……黑梟？」陶渺渺擠出遲疑的語氣，幾乎要以爲自己是不是認錯了人。

只因爲那名少女一改素色的裝扮。

暗紅色調包覆了她的全身，紮著緞帶與鐘錶面盤的墨黑小禮帽斜戴在上頭；華麗的金屬花朵猶如盛開似地攀爬在黑梟的腰間及胸前，大小不一的齒輪則是替那份華美增添了一抹剛硬。

而這鮮明如榴火的色彩，不但沒有將色素寡淡的少女吞噬進去，反倒更加襯托出她的陰森氣質。

這惹人注目的打扮，和陶渺渺平時知道的黑梟完全不一樣。

恍惚中，她還以爲是見到了其他人。

黑梟抬起手腕，按下其中一枚晶石，開啓回收場。

陶渺渺的眼睛越瞪越大，震驚地看著無數光絲像利箭飛沖上天，頃刻就編織成網格，兜籠住方圓數公里之地。

不僅如此，四周顏色瞬間被灰與黃取代。

霧氣是黃色的，地面是黃色的，天空是灰色的，甚至就連燈光灑下的光線也成了黯淡的灰。

好像……就只剩下此處的人影還保留著原先的色彩。

被黑鞭束縛住的紅舞鞋一瞧見黑梟，那雙碧色眼珠睜得更大。

她聳動著鼻尖，甜如蜜地說：「妳很香，聞起來更好吃。」

「哈囉，別厚此薄彼好嗎？」毛茅狀似苦惱地說，「妳們老是無視我的存在，很讓人傷腦筋的耶。水嫩嫩又富有膠原蛋白的男孩子就不好嗎？」

紅舞鞋側過頭，她面無表情，但喉間卻逸出了一聲哼響，有若嘲笑。

毛茅感覺得出來，自己是眞眞切切地被人形污穢嫌棄了。

哇喔，有點火大，但還是要保持微笑。

「不好。」接話的人是黑梟，她越過了瑟縮一旁的陶渺渺，腳下的黑影似活物蠕動，一副金屬拳套飛進了她張開的手指，「男孩子沒女孩子好。而魔女，又比男孩子更差了，差得讓人連看見都不高興。」

黑梟輕飄飄的尾音還沒消散，看似孱弱的身形卻是驟然一晃，像條暗紅色的閃電，眨眼間直逼紅舞鞋。

被黑鞭纏住的紅髮少女卻在下一瞬散成霧氣。

再凝聚時已佇立於另一端。

紅舞鞋提起斧頭，彎身行禮。她的紅髮順勢滑落，露出白色頸項，以及從頸後裂開的駭人嘴巴。

高尖的嘯聲從那張畸形的嘴衝出，與此同時，多雙穿著紅鞋子的斷腳竟像活物一般，鞋尖部位裂開了縫，長出了尖牙，凶猛急速地撲擁向了敵人。

「呀啊──」慌亂中，陶渺渺害怕地想逃離這個詭異的地方，眼前的一切不斷不斷在推翻著她以往的認知。

讓她覺得世界霎時變得天翻地覆。

陶渺渺捉著手機躲到了邊角處，手指顫抖地打給了花宓，對方像是一直守在手機旁，立刻接起電話。

「渺渺，到底是怎麼回事？妳突然掛我電話，我擔心死了！」

「我、我也不知道怎麼回事啊……」陶渺渺語帶顫音，惶惶不安地看著前方，「好奇怪，太奇怪了……斧頭殺人魔出現，黑梟和毛茅也出現。他們打扮得好怪，他們喊斧頭殺人魔是紅舞鞋，這裡還變成了只有黃色跟灰色的世界……花宓，我是不是在作夢啊？他們……他們跟她打起來了！」

頓了一頓，陶渺渺小小聲地說：

「妳說，我現在開直播的話……」

「不能開！絕對不能開！」花宓的喊聲尖利得嚇人，震住了陶渺渺，「妳開了會出事的，我沒騙妳！陶渺渺，妳聽見了沒？絕對不准開！」

「我、我不開就是了！」陶渺渺第一次碰見花宓如此激動，她乾巴巴地回道，「花宓，那我現在……」

「我這就過去找妳，妳躲好就是了，聽見了沒有？」

「聽見了……」

陶渺渺吞了口唾沫，不明白朋友的反應怎會那麼大，但還是被那一番危言聳聽給震懾住。別說開直播了，連拍照都不敢。

「毛絨絨，保護好陶渺渺！」毛茅抽回鞭子，揚聲大喊。

話音尚未落下，一束白影便飛也似地縱躍至陶渺渺身前。

陶渺渺驚異地看著這名冷不防闖入自己視野內的白髮少年，對方看起來又軟又無力，還手無寸鐵，真有辦法保護好自己嗎？

陶渺渺難以信任這名陌生少年，她想偷偷再溜向更隱蔽的地方，然而後者似乎早一步察覺到了。

「妳不能礙事啊。」白髮少年連聲音也是軟綿綿的，可揚起的手刀卻是毫不客氣地重重劈向了陶渺渺的後頸，讓黑暗轉瞬席捲了她的意識。

花宓握著手機的手指都是抖的。

激動、亢奮還有緊張混雜成一股難以言喻的情緒，沖刷著她的四肢百骸，讓她的全身甚至湧起了顫慄。

紅舞鞋出現了。

她想去看……她想去看！

有榴華除魔社的實習生在，就表示其他除穢者也會迅速趕到。

只要有除穢者在場，那麼自己的安全不也就無虞了？

這想法就像星火燎原，一下轉成熊熊大火，讓花宓再也無法坐在椅子上，她迅速抓起手機就往門外跑。

今天是週六，父母在榴華分部加班——換句話說，沒人攔著她。

花宓飛快跑出公寓大樓。

她知道陶渺渺說的那條路在哪裡，就在對方住的地方附近，離這也不算太遠。一路衝過去的話，大約十幾分鐘就能到了。

花宓的全副心神都放在趕往目的地這件事上，壓根忘了自己還被人盯守著。要不了多久，她偷偷離家的消息就會被附近的海冬青掌握到。

無視路人投向自己的訝異眼神，花宓使盡全力在街上狂奔。她怕自己晚上那麼一點，就可能拍不到紅舞鞋的身影。

突然間，花宓發現自己一頭闖入了一個彷如超脫現實的空間。

放眼望去，只有淡灰與淺黃，景物該有的繽紛色彩似乎都被這兩色給吞吃得一乾二淨。

假如是不知情的人見了，只怕會陷入慌亂，不明白眼下究竟發生什麼事。

但花宓明白，她的心裡還因此竄上了欣喜。

這是有人開啓了回收場，魔女一定就在這塊區域裡面！

回想陶渺渺在手機裡提到的路段，花宓加快速度，三步併作兩步地跑向事發現場。

很快地，她就聽見戰鬥聲響。

一聲比一聲刺耳猛烈的金屬交擊聲撞入了花宓耳中，也狠狠敲打著她的心臟。

她屏住呼吸，小心翼翼地往聲音來源處接近，直到她終於看見了……

紅舞鞋。

紅髮少女提著鋒銳的斧頭，靈活搖曳的身姿就像在跳舞。

包圍少女的是兩名穿著暗紅社服的身影。

她一眼就認出那是榴華除魔社的人，黑梟與毛茅——原來後者根本不是她以爲的國中生。

不管如何，花宓的注意力並沒有放在那兩人身上。她痴迷地緊盯著紅舞鞋不放，微抖的手指點開了手機，偷偷摸摸地將鏡頭對準了前方。

可就在下一秒，螢幕內的血紅人影失去了蹤影。

「什麼？」花宓一時失控地驚呼。

那未經掩飾的聲音在灰黃色的街道上異常清晰，同時也讓除魔社的兩人猛地察覺了花宓的存在。

花宓看見毛茅和黑梟轉頭看向她，他們倆的神情莫名大變。

「快躲開！」

花宓聽見有人在大喊，她分不清那是誰的聲音。他們的喊聲突然間就像潮水，退出了她的世界。

她所有的感官全都集中在自己臉上。

有五根冰冷蒼白的手指自後撫上她的臉，再覆住了她滿是駭然的雙眼。

毛茅和黑梟試圖阻止接下來可能發生的事。

但那一雙雙斷腳前仆後繼地阻撓著他們前行，逼得他們只能親眼目睹——

利斧對著花宓的腳踝劈下。

沒有鮮血飛濺，也沒有雙腳分離。

一朵白色小花順著斧頭的抽離跟著噴灑出來，然後飄落在紅髮少女攤開的掌心上。

失去遮覆的雙眼重新回復清明，花宓的身子像被抽光所有力氣，只能往下跌坐。她能看見雙腳毫髮無傷，但是她卻感覺自己虛弱得像隨時會昏倒。

發生什麼事了？究竟發生什麼事了！

恐慌、焦慮燒灼著花宓的神經，然後她望見紅舞鞋手上的白色花朵。

那是什麼……花宓的思考停頓了一拍，她眼露茫然，只能怔怔盯望著那似乎對她很重要的東西。

紅舞鞋張開嘴，優雅地將白花吞吃進去。

接著她的腦袋忽地卡嚓一轉，以普通人根本不可能做到的角度，猛地撐了過來。

她對著怕得幾乎肝膽欲裂的黃髮少女，吐出甜蜜的嗓音。

像毒蛇吐出牠的紅信子。

「憑什麼陶渺渺的粉絲數字上升那麼快？」

「她明明該落後我許多的。」

「我照片拍得比她多，經營得比她用心，爲什麼她就是運氣好？」

「既然如此，那就讓她運氣不好，讓她倒楣好了。」

「她還傻傻地捧著會給她帶來霉運的東西，跟我一起拍照呢。」

「這也算是友情照，當然要放上去囉。」

「住口！」花宓尖叫，蒼白甜美的臉蛋因驚懼而扭曲，「住口住口！全是妳胡說的！魔女的話……魔女的話怎麼能夠相信？渺渺倒楣，只是她這陣子剛好運氣不好！」

花宓聲嘶力竭地喊，但她的雙眼卻不敢直視向一邊的黑臬與毛茅，琥珀色的眸底閃動著明顯的狼狽。

「我喜歡『魔女』這個稱呼啊。」紅舞鞋甜甜地說，「謝謝你們人類爲我等取的新名字。妳的契魂很好吃，接下來可以吃妳的腳了嗎？」

「可以了嗎？可以了嗎？」

「可以了唷。」

紅髮少女有如自問自答般，那甜膩的尾音似乎還在舌尖上打著旋。下一刹那，握在她手上的斧頭猝不及防地再次高舉揮下。

這一次，是眞眞切切地要砍下花宓的雙腳。

比斧頭還要快，比紅舞鞋的動作更疾速的，是一道冷硬的喝聲。

「三刀！」

男聲驟響的同時，三道銀光如流星到來。它們轉眼合併爲一，成了堅硬碩大的盾牌，搶先截下了紅舞鞋的攻擊。

被盾牌庇護的花宓早已扛不過極度的恐懼，眼前一黑，軟軟地倒在路面上。

闖入這個灰與黃世界的，赫然是蜚葉除污社的社長。

海冬青一身氣勢鋒銳凜然，像挾帶著寒氣而來。

乍見來人，毛茅露出了歡欣的笑臉，「小青！」

「海冬青。」黑裊小小聲地吐出人名，充當打了招呼。

毛絨絨絞盡腦汁，卻不知道該怎麼喊那名藍髮青年才好，最後他靈光一閃。

「陛下的迷弟！」

握在毛茅手中的黑鞭震晃一下，彷彿想要延伸出去，不客氣地抽打在毛絨絨的身上。

本能感受到危機的毛絨絨縮了縮肩頭。

面對突然到來的第三人，紅舞鞋抽回斧頭。她的面容依舊如戴了面具般僵冷，可她的嘴角卻往兩側咧得極大，終至來到了耳際。

「我有人形。」

「但我沒興趣當人。」

「但我很樂意吃掉你們的契魂、你們的血肉。」

那雙像血染的紅鞋子猛地敲擊起地面。

「留下你們的腳。」

「你們所有人的腳，今天都得留下來！」

紅舞鞋踏地的速度越來越快，聲音越來越響亮，終至如響雷劃破灰色天幕。

少女纖細的身影陡然間像灌了氣的氣球，迅速拔高膨脹。

頭顱從頂端分裂至肩胛，剖開的腦袋中是一朵宛如由無數細金屬絲盤成的畸異花朵，她的手腳跟著也一圈圈拆解，僵白的皮膚同樣成了冷冰冰的鏤空金屬；紅髮燃燒為火焰，鮮紅色的鞋尖長出利牙，成為兩張血盆大口。

而裂成兩半的臉隨即抬了起來，嘴唇彎出不同弧度。青碧色的眼睛倏地轉暗，有如黑漆漆的孔洞。

下一瞬，蒼白火焰從眼眶中燃燒出來。

不過短短時間，紅髮少女就已失去完好的人形，轉變為貨眞價實的——怪物。

紅舞鞋裂成兩半的臉分別盯向黑梟與海冬青，她猛然揮動了跟著變得巨大的斧頭，一下就將兩邊圍牆屋宅劈得坍塌。

遭到波及的電線桿更是直挺挺地倒了下來，在路面砸出沉重聲響。

原本還稱得上狹窄的街道，頓時被暴力拓寬了許多。

毛茅吹了聲口哨，「幸好是在回收場內啊，不然協會光賠污穢造成的損失，就不知道要賠上多少了。不過像這麼礙事的大怪物，還是早點回收掉比較好呢。」

「嗯。」黑梟細聲地附和，「我想要趕回家看電視。」

毛茅手中的黑鞭驀地又震了一下，表達出也想回去看冥王星寶寶今天能蠢出什麼新境界。

「速戰速決吧。」海冬青說，「我今天可以接琅哥去我家住嗎？」

「這個嘛……」即使感應到黑鞭傳遞來的「朕拒絕」的訊息，但仗著鞭子現在沒辦法講話，毛茅一點也不心虛地幫忙發言，「大毛說，給他的鏟屎官多買幾本深入探討女性胸部之美的大人雜誌，他就願意去。」

海冬青花了幾秒才反應過來，給毛茅買小黃書，就能換得黑琅的住宿權。

「胸部要平一點的！」毛絨絨縮在角落小小聲地喊。

毛茅馬上一個眼刀甩過去，痛斥邪魔歪道。

貓權……不，這時候該講鞭權才對。鞭權被徹底忽視的黑鞭鬧脾氣，要有小情緒了。它猛地收緊纏在毛茅手上的力道，鞭尾自動往前飛竄。

倘若換成一般人，只怕會無預警地被拉個踉蹌。

但毛茅對於自家寵物實在太了解了，黑鞭剛一動，他立刻順勢奔出，清亮的嗓音同時衝著紅舞鞋喊了出來。

「妳說吃就吃？說留就留？一句話送給妳。」

「別——作夢啦！」

這歡快高昂的喊聲如煙花般在空中炸裂開，也等同於一個雙方開戰的訊號。

紅舞鞋斧頭從手中甩出，閃著寒光的利斧由一化爲多，來勢洶洶地追向了在場所有人。

包括昏迷不醒的兩名少女！

毛絨絨不敢怠慢，他一手夾著陶渺渺，背後展開雙翅，飛衝向花宓身前，及時以自己如同結晶鑄造的翅膀擋避逼來的危機。

與此同時，那些崩坍的屋宅瓦礫中忽地傳出了異響。

一雙雙穿著紅鞋子的斷足從四面八方平空出現，數量比起之前更爲龐大，加上鞋尖部位成了上下長著利齒的嘴巴，簡直就像猛獸步步進逼。

黑梟冷眼看著那些快追平她身高的斷腳，她將戴著拳套的雙拳互撞一下，旋即腳下像裝了彈簧般躍跳出去，出手就是凶猛的轟擊。

砰、砰、砰！金屬拳套轟砸上斷足的聲音接連不斷，那僵白的皮膚甚至被打得凹陷下去。

緊接著，黑梟的契靈又起了變化。

銳利的爪子從指尖冒出，快狠準地將大塊泛白皮肉直接撕扯下來。

相較於黑梟的暴力，海冬青的攻擊更爲簡潔俐落。

他手持長刀，另外雙刀合而爲盾，與毛茅一塊圍攻向巨大的紅色魔女。

化爲熊熊烈火的髮絲似紅蛇襲來，挾帶著高溫與危險，眼看就要衝撞上那一高一矮兩抹人影。

海冬青長腿一邁，以自身擋在毛茅身前，雙刀合成的盾牌瞬間擋住了撲來的火焰。

當火焰被擋下的剎那，海冬青背後的矮小人影瞬如鬼魅地竄跳起來。

紫髮男孩直接以海冬青的肩背作爲借力點，像顆疾發的子彈，一眨眼就越過了火焰之髮。

揮出的黑鞭冒出同色光羽，像一把把帶勾的鐮刀，不客氣地將未成火焰的紅髮削割掉。

一束束火焰從上方墜落，在毛茅鞭風的控制下，全精準地避開了底下的另外兩人。

紅舞鞋大手飛速伸來，張開的五指想將毛茅一把掐捏成血肉模糊。

但是毛茅滑溜得像條抓不住的魚。

確定最後一縷火焰紅髮已被自己削除，他手腕一晃，光羽隱沒的純黑長鞭登即在空中捲出了兩個圈。

他身輕如燕地將鞭圈當作踩踏點，一晃眼便穩穩地落回地面。

他的直覺告訴他，紅舞鞋的核心不在上半身。

是在底下！

然而更多有若猛獸的紅鞋子再次於紅色魔女周身閃現，它們像一群張牙舞爪的護衛，接二連三往前衝。

「一起來跳舞吧！」紅舞鞋甜蜜地大笑，她在黃色地面上旋轉跳步，斧頭揮出陣陣銳利的氣流。

煙灰色的天幕下，紅色魔女掄起斧頭，對當中的黑梟與海冬青採取了猛烈的攻擊。

面對魔女與血色斷足的圍逼，饒是黑梟、海冬青再怎麼實力強悍，也難免左支右絀。

「小青、學姊，你們專心對抗那個戀腳癖的，其他交給我！」毛茅揚高聲音，通體透黑的長鞭在他手中舞動得有如活物。

毛茅敏捷地在一隻隻斷足間穿梭，鞭身上的黑刺如鋸齒割出深深切痕。他時不時閃躲過企圖咬上他的利牙，並且將它們往另一個方向引走，分散了黑梟兩人的壓力。

「我暫時大概不想再吃和腳有關的食物啦。」毛茅嘴上嘆氣，黑鞭舞得越發凌厲。

毛絨絨一邊護著兩名失去意識的少女，一邊緊盯著毛茅那邊的動靜。逮到空隙，他的雙翼猛地一拍，多根剔透的羽毛飛速射出。

釘穿了那些變異的紅鞋子口部，令它們再也張不開嘴。

「毛絨絨，做得好！」毛茅凌空拋了一記飛吻過去。

白髮少年開心得滿臉通紅。

少了紅鞋子的撕咬，毛茅收割這些斷足更加得心應手。鞭身上的黑刺增長爲光羽，沿著先前留在腳上的傷口，粗暴地再深入、再抽離。

那一隻隻腳靜佇在原地數秒後，緊接著分崩離析，瓦解成數大塊。

而在無後顧之憂的情況下，海冬青與黑梟的攻勢也猛烈得驚人。

黑梟的拳頭如同疾風驟雨，將劈來的利斧打得裂痕遍生。

海冬青的長刀席捲出驚天氣勢，將紅舞鞋的一隻手臂節節削下。手臂完了，換另一隻腳，三刀一口氣斬下了她的半截左足。

這讓紅舞鞋驟失平衡，碩大的身子搖晃幾下。

海冬青一抬手，三刀令行禁止地聽他行動，飛也似地刺入污穢最可能藏有核心的部位。脖子、胸口，以及腹部。

劇痛讓紅舞鞋發出尖嘯，那兩張分開的臉猛地扭向海冬青，眼洞裡的白火瘋狂閃爍，卻沒有熄暗的跡象。

核心並不在那三個地方！

「學姊，另一隻鞋子！」毛茅大叫。

黑梟沒有問緣由，被暗紅社服包覆的細瘦身子一閃晃，便來到了紅舞鞋的右腳後方。

金屬拳套快狠準地擊出，一下、兩下、三下……

在黑梟的重拳攻擊下，一條條裂痕出現在那雙血紅的鞋子上。

抓住紅鞋子碎裂的瞬間，毛茅快若遊龍地掠出，黑鞭斂起成排光羽，像柄黑色的尖槍，長驅直入地刺進了魔女腳後跟的一點。

下一秒，毛茅鬆開雙手。

海冬青的三刀合爲刀盾，迅雷不及掩耳地撞上黑鞭，讓鞭身直沒紅舞鞋體內。

直到徹底擊碎了核心。

一切像被按下靜止鍵。

然後魔女的身軀驟然崩散成難以計數的晶砂，「嘩啦嘩啦」地傾瀉流下，最末靜靜躺在地面的，只有難以和「污穢」兩字聯想在一起的花葉結晶。

以及左腳少了一截的布娃娃。

回收場內漸漸浮現其餘色彩。

再過不了多久，這個特殊的空間就會瓦解，一切都將回到現實裡。

身爲在場唯一除穢者的海冬青負責聯繫協會，而在講電話的同時，那雙深碧色眼睛還不時瞥向從黑鞭回復貓型的黑琅。

黑琅不客氣地以屁股對著海冬青，向自己小弟表達出「朕今晚不會去你家的，死心吧」。

毛絨絨陪著毛茅，一起雙眼發亮地盯著那堆亮晶晶的晶體不放。

黑梟卻是自顧自地走向了被安置在路邊的兩名少女，她抽出了花宓就算昏迷也緊握不放的手機。

注意到黑梟的舉動，毛茅從結晶中分出一絲心神。

「學姊，怎麼了嗎？」

「你記得紅舞鞋說過的話嗎？」

毛茅一訝，快速從腦海中翻出不久前的記憶。

「既然如此，那就讓她運氣不好，讓她倒楣好了。」

「她還傻傻地捧著會給她帶來霉運的東西，跟我一起拍照呢。」

「這也算是友情照，當然要放上去囉。」

說到放上去，毛茅立刻想到的就是這兩名女孩都愛用的社群軟體。

黑梟已經點進了花宓的IG，直接拉到差不多一個月前的動態。

毛茅跟著湊過來，然後他和黑梟都看到了那張照片。

照片上，花宓與陶渺渺捧著小盆栽笑得開懷。前者的指甲上彩繪著白色的雛菊花，底色則是淺綠。

毛茅又來到榴華分部了。

這一次，是白烏亞帶他過來的。

他們要一塊到科研室領取模糊記憶的道具，之前科研室的人突然來了靈感，覺得他們模擬出的貓咪氣味不夠完美，又拖遲了一陣子，才終於宣告大功告成。

毛茅倒是不在意氣味完不完美，反正他想吸的話，旁邊就有一隻黑琅隨便他吸了。

礙於圖書館不能帶寵物進入，黑琅與毛絨絨二話不說以人形現身，說什麼都不願意留在家裡大眼瞪小眼，一貓一鳥互看兩相厭。

噢，除了相厭外，毛絨絨更怕的是自己一不留神，就被黑琅抓去鍋裡燉了。

加上上一回，他還差點成爲了別人家的寵物，才一天多的分離就讓他產生了分離焦慮症，所以他堅持無論如何都不要離開毛茅身畔。

也不知道海冬青是怎麼得知毛茅他們要到榴華分部的事，毛茅他們前腳剛抵達，他後腳也跟著過來了。

櫃台後的藍髮少女瞧見一群人像粽子串地出現，忍不住想大翻白眼。

「你們是說好都今天過來的嗎？」胡水綠說。

「還有誰也來了嗎？」毛茅從胡水綠沒好氣的態度猜測人選，「澤老師？」

「別提他的名字，一提我就生理性不舒服。」胡水綠揮手趕人，「科研室在開會，你們要找他們的話，晚點再去。」

聞言，毛茅一溜煙就跑往圖書館四樓，他想知道那本不可碰之書的複刻本回來了沒。

然而金銅色的書櫃裡還是空空蕩蕩，只有書架孤伶伶地放置在裡面。

書依舊不見蹤影。

「毛茅，你在找什麼嗎？」毛絨絨好奇地問道。

「找不可碰之書的複刻本。」毛茅湊近書櫃，上上下下打量了一番，確定書本並沒有掉到角落。

「不可碰之書？那是什麼？」毛絨絨訝異地問。

「就是不可以碰的書，你哪個字聽不懂？」悠悠走來的黑琅鄙夷地說，「你腦袋沒帶出來嗎？噢，不對。」

黑琅忽地衝著毛絨絨假笑一下，「你根本沒那玩意。」

遭到人身攻擊的毛絨絨淚眼汪汪，差點就想變回鳥形，衝入毛茅的懷抱裡求安慰，最好是飛進毛茅的衣服裡，來個零距離的親密接觸。

——如果不是聽見其他人的說話聲的話。

「黑琅說的也沒錯。不可碰之書，顧名思議就是不能碰的書。」綁著藍色髮辮的澤蘭從樓道上走下，溫和的笑意掛在唇畔。

在他的身後跟著另一名和他差不多年紀的男子，戴著大大眼鏡，頂著一頭亂髮，邊走還邊打呵欠，看起來滿臉疲倦。

毛茅眼尖發現到對方的上衣別著一個「館長」的名牌，顯然他就是圖書館的負責人。

「毛茅，我後面這位是圖書館的館長，第五壬。」澤蘭往旁退了一步，讓底下的學生可以看得更清楚。

「第五人？第五個人？」毛茅狐疑地問道，他第一次聽到這麼奇特的名字。

「我姓第五，壬是長得很像王的那個壬。」第五壬又打了大大的呵欠，聲音聽起來有氣無力的，「聽說你是淩霄前輩的兒子？你好啊，你喜歡泡麵嗎？晚點請你吃。」

「毛茅才不吃那種沒營養的東西，你是想害他長不高嗎？」黑琅怒視對方，「他都已經那麼矮了！」

「我未來肯定會長到一八〇的。」毛茅笑咪咪地說。

「毛茅保持現況很好。」白烏亞抬起手，在自己鎖骨位置比劃一下，「這個高度很適合。」

毛茅裝作沒聽見直屬對自己的期許，他扭頭朝海冬青喊了一聲，「小青，帶大……帶你家琅哥出去！帶出去的話，今晚就將他借你，讓你能跟他促膝長談！」

「小青，你聽朕的還是聽他的？」黑琅危險地齜牙。

「琅哥向來聽毛茅的，對吧？」海冬青說。

「是沒錯……」黑琅認同，他對自家鏟屎官大多數時候確實是言聽計從的。

「琅哥都聽他的話了，那我也該聽他的，對嗎？」海冬青又說。

「好像是這個道理……」黑琅被海冬青話裡的邏輯牽著走，就連人也不知不覺地被帶走了。

「澤老師，所以不可碰之書究竟是……」毛茅好奇地問道。

「說是書，其實當成一個收納盒會更正確。」澤蘭說，人又擋回第五壬前面，似乎是想防止對方硬要請毛茅吃泡麵的行為，「大約是十五年前，榴華分部活捉了污穢，想要深入研究，卻反而出了意外，導致憾事發生。也就是這件事，讓協會決定污穢都必須原地格殺。」

「後來污穢當然是消滅了。」第五壬從澤蘭身後探出頭，「不過或許是經過實驗的緣故，它們所留下的結晶也產生了些許變異。」

「變異？」毛茅眼露不解。

「結晶的形狀會改變。」澤蘭將話接下去，「我記得上一次看到時，是蝴蝶結形狀的。」

「哇喔，這結晶可真有個性……」毛茅佩服地說，「但是，書不是不能碰嗎？」

「所以才會有複刻本的存在。」澤蘭慢悠悠地拾階而下，「結晶被分割了碎片出來，碎片就收藏在複刻本裡，而結晶主體則收在正本裡。兩者間會產生聯動感應，因此透過複刻本，就能觀察到主體的情況。」

「挺深奧的，但好像又能理解。」毛茅摸著下巴，「既然那些變異結晶會改變形狀，那表示不可碰之書也是……」

「不可碰之書是科研室和我們圖書館一起特別研發出來的。」第五壬語帶炫耀地說，「利用特殊金屬和污穢的結晶製造，不管變異結晶怎麼變，它們都能順應變化。」

「第五說的沒有錯。」澤蘭回過頭，純黑的眼珠似笑非笑的，「所以，書放哪去了？」

第五壬的身子驀地一僵，「呃……這個嘛、那個嘛……」

正當第五壬設法想把話題帶過，毛絨絨猛然挺直了背，有如尾羽垂散在衣襬下的長條裝飾竟是蓬翹起來。

「我感覺到了！有亮晶晶的東西，像寶石一樣的東西在！」毛絨絨振奮地喊，「就在……啊！就在那裡！」

毛絨絨霍地一指的方向是館長室。

「眞的？」毛茅的眼睛登時也亮了。他養毛絨絨那麼久，總算等到了對方報恩的這天！

「我的寶石雷達告訴我的！」毛絨絨也對自己終於能回報毛茅而激動著，「毛茅你等我，我這就去找出來，付我的生活費、伙食費、手機費！」

話聲未落，白髮少年迅速就往門扇半掩的館長室飛奔過去。

「哇啊啊啊！快停下！不能進去——」第五壬臉色大變，偏偏澤蘭又擋在他前方，讓他連阻止都來不及。

頓時，只見到尋寶心切的毛絨絨撲進了館長室，驚喜的喊聲隨之響起。

「有寶石！閃亮亮的！還有金子！發現了就是我的了對不對？」

「什麼？當然不對啊！」第五壬突破澤蘭的妨礙，迅雷不及掩耳地追進了自己的辦公室，急急想抓住毛絨絨。

卻沒想到一時力道過猛，反倒煞不住腳步，連帶使得毛絨絨踉蹌往前撲。

於是跟著進入館長室的毛茅等人，都目睹了慘劇的發生。

毛絨絨撞倒了桌上的泡麵，以及壓蓋在泡麵上的金色書本。

兩者一塊往桌下掉。

啪！泡麵傾倒，湯汁溢灑在書上，濃濃的紅燒牛肉味頓地蔓延開來。

「啊啊啊！不可碰之書的複刻本！」第五壬慘叫，「它蓋泡麵超好用的啊！」

毛茅這下可明白爲什麼會沒看到書了，原來是被人拿去壓泡麵。

「咦——」毛絨絨震驚地嚷，「這就是複刻本？所以不能拿走嗎？上面的寶石也不能挖走嗎？」

「當然是不行的！」第五壬忙不迭地衝去搶救被淋了泡麵湯的複刻本。

那是一本外觀華麗的書籍，金黃色的書衣上鑲著幾枚閃耀璀璨的寶石，耀眼得讓毛絨絨難以移開目光。

深怕湯汁滲進書裡，第五壬手忙腳亂地打開複刻本。

正如澤蘭所說，書裡就像是個多層的收納盒，每一層都有個造型奇特的凹陷，專門用來收放結晶碎片。

碎片還在，閃爍著淡淡的流光。

但眾人卻在瞬間像被奪走了發聲能力，陷入一片古怪的死寂。

書裡的結晶並非是澤蘭說的蝴蝶結形狀，乍看下……它們就像是不同姿態的人形。

尤其以其中一個最爲詭譎——下半身爲魚尾，上半是連體雙身。

就和不久前，毛茅他們曾對抗過的魔女「人魚」一模一樣。

澤蘭背後竄上一陣顫慄，他猛地意識到人魚給出的線索是什麼了。

在許多年以前，榴華分部還不叫榴華分部，它位在兩座城市的交界處，並以它們的名字共同爲分部命名。

榴岩市。
翡嶼市。
人魚說的原來不是流言蜚語。
而是——榴岩翡嶼。

《除魔派對4》完

後記

烏鴉的故事終於交代完畢了～距離他成爲人生贏家的夢想再也不會太遙遠了XD

我們要相信烏鴉終有一天會有貓的！

就算現在還沒有，但他有毛茅當直屬，而他的直屬有貓，所以四捨五入也可以先當作他有貓了WWW

第四集除了有人魚，還有一位新登場的魔女，紅舞鞋！

和之前幾位魔女不太一樣，這位有點戀腳癖，最喜歡收集年輕女孩子的腳了，她的出場也相當乾脆，沒有特地繞複雜的劇情將她帶出。

我其實相當喜歡她，尤其寫她拿著斧頭跳舞的時候，不曉得有沒有人跟我有同樣感想呢？

除魔社的最後兩位社員，也終於解鎖了……新名字XD

「項冬」、「項溪」如此相像的名字，有沒有讓你們想到什麼～～是的，身爲雙子控的我，又將爲大家送上一對雙胞胎啦～～

究竟會是兄弟、姊妹，或是姊弟、兄妹呢？

咳嗯，當然還是先賣個關子，不然就沒有驚喜了。

另外，上集預告裡提到的毛茅將有桃花劫，說的其實就是毛茅碰上了花宓和陶渺渺，她們兩人的姓氏合起來就是桃花喔。

而上集沒現出人形的黑琅，本集終於以大帥哥的模樣和大家見面，還不小心在海冬青面前掉了馬甲，被他發現「琅哥」的眞面目啦。

寫迷弟和琅哥的互動也讓我好開心喔。

下一集將會有更多新角色登場，我們除魔第五集見了~

啊，等等等等！差點忘記有件重要的事要告訴你們，「神使劇場」第二集過不久也要跟你們見面了！

大家心心念念的那個人，將要從國外回來加入「神使劇場2」了~~~

附上感想區的ＱＲ碼，對於《除魔派對》有什麼想法，都歡迎告訴我。

醉琉璃

除魔派對熱鬧感想搖滾區QR Code
歡迎大家上來聊聊唷！

【下集預告】

除魔派對

人形污穢的起源乍現端倪，
當年的榴岩翡嶼，如今的榴華分部，
究竟曾經發生過什麼事？

解謎尚未開始，竟被強制中止？
澤蘭大手一揮，表示小朋友就該乖乖參加聯合社團集訓。
蜚葉和榴華的實習生齊聚一堂，
然而，新的風暴似乎正在醞釀……

下一回，〈十月雪紛飛中吉〉

2018.秋，預計出版！
什麼！時衛社長原來有妹妹!?

國家圖書館出版品預行編目資料

除魔派對.vol.4,黑鳥占卜今日凶 / 醉琉璃 著.
——初版. ——台北市：魔豆文化出版：蓋亞文化
發行，2018.07
面； 公分.（Fresh；FS156）
ISBN 978-986-95738-9-4（平裝）
857.7 107009188

fresh FS156

除魔派對 vol.4 黑鳥占卜今日凶

作　　者　醉琉璃
插　　畫　夜風
封面設計　莊謹銘
責任編輯　黃致雲
總 編 輯　沈育如
發 行 人　陳常智
出 版 社　魔豆文化有限公司
發　　行　蓋亞文化有限公司
地址：台北市103赤峰街41巷7號1樓
電話：02-2558-5438　傳眞：02-2558-5439
電子信箱：gaea@gaeabooks.com.tw
投稿信箱：editor@gaeabooks.com.tw
郵撥帳號 19769541　戶名：蓋亞文化有限公司
法律顧問　宇達經貿法律事務所
總 經 銷　聯合發行股份有限公司
地址：新北市新店區寶橋路二三五巷六弄六號二樓
電話：02-2917-8022　傳眞：02-2915-6275
港澳地區　一代匯集
地址：九龍旺角塘尾道64號龍駒企業大廈10樓B&D室
電話：+852-2783-8102　傳眞：+852-2396-0050
初版一刷　2018年7月
定　　價　新台幣 220 元
Published and printed in Taiwan

ISBN 978-986-95738-9-4

FS156

除魔派對

vol.4

魔豆文化　讀者迴響

感謝您在茫茫書海中選擇了魔豆，您的支持是我們最大的動力。
不要缺席喔，讓我們一起乘著夢想的羽翼，穿越時空遨遊天地！

姓名：　　　　　　　　性別：□男□女　　出生日期：　年　月　日
聯絡電話：　　　　　　　　手機：
學歷：□小學□國中□高中□大學□研究所　　職業：
E-mail：　　　　　　　　　　　　（請正確填寫）
通訊地址：□□□
本書購自：　　　　縣市　　　　書店
何處得知本書消息：□逛書店□親友推薦□DM廣告□網路□雜誌報導
是否購買過魔豆其他書籍：□是，書名：　　　　□否，首次購買
購買本書的動機是：□封面很吸引人□書名取得很讚□喜歡作者□價格便宜 □其他
是否參加過魔豆所舉辦的活動： □有，參加過　　場　□無，因爲
喜歡出版社製作什麼樣的贈品： □書卡□文具用品□衣服□作者簽名□海報□無所謂□其他：
您對本書的意見： ◎內容／□滿意□尚可□待改進　　◎編輯／□滿意□尚可□待改進 ◎封面設計／□滿意□尚可□待改進　◎定價／□滿意□尚可□待改進
推薦好友，讓他們一起分享出版訊息，享有購書優惠 1.姓名：　　　　e-mail： 2.姓名：　　　　e-mail：
其他建議：

廣告回信 郵資免付
台北郵局登記證
台北廣字第675號

魔豆文化有限公司　收

103 台北市赤峰街41巷7號1樓

魔豆

魔豆